MORDIDAS NA ESCOLA
VAMBI ZOMEM

Steven Banks

Ilustração: Mark Fearing

MORDIDAS NA ESCOLA
VAMBI ZOMEM

Tradução: Cassius Medauar

MIDDLE SCHOOL BITES: WHEN YOU'RE A VAM-WOLF-ZOM
BY STEVEN BANKS, ILLUSTRATED BY MARK FEARING
TEXT COPYRIGHT © 2020 BY STEVEN BANKS
ILLUSTRATIONS COPYRIGHT © 2020 BY MARK FEARING
PUBLISHED BY ARRANGEMENT WITH HOLIDAY HOUSE PUBLISHING, INC.,
NEW YORK. ALL RIGHTS RESERVED.
COPYRIGHT © FARO EDITORIAL, 2021

Todos os direitos reservados.

Nenhuma parte deste livro pode ser reproduzida sob quaisquer meios existentes sem autorização por escrito do editor.

Milkshakespeare é um selo da Faro Editorial.

Diretor editorial: **PEDRO ALMEIDA**

Coordenação editorial: **CARLA SACRATO**

Preparação: **TUCA FARIA**

Revisão: **DANIEL RODRIGUES AURÉLIO**

Capa e design originais: **MARK FEARING**

Adaptação de capa: **OSMANE GARCIA FILHO**

Adaptação de projeto gráfico e diagramação: **CRISTIANE | SAAVEDRA EDIÇÕES**

Dados Internacionais de Catalogação na Publicação (CIP)
Angélica Ilacqua CRB-8/7057

Banks, Steven
 O Vambizomem: mordidas na escolas / Steven Banks; ilustrações de Mark Fearing; tradução de Cassius Medauar. — São Paulo: Faro Editorial, 2021.
 304 p.: il.

 ISBN 978-65-86041-62-0
 Título original: Middle School Bites

 1. Literatura infantojuvenil I. Título II. Fearing, Mark III. Medauar, Cassius

20-4547   CDD 028.5

Índice para catálogo sistemático:
1. Literatura infantojuvenil

1ª edição brasileira: 2021
Direitos de edição em língua portuguesa, para o Brasil, adquiridos por FARO EDITORIAL

Avenida Andrômeda, 885 – Sala 310
Alphaville – Barueri – SP – Brasil
CEP: 06473-000
WWW.FAROEDITORIAL.COM.BR

Para o meu irmão, Alan, que sabe que tanto os monstros quanto o ensino fundamental podem ser assustadores *e* divertidos.

Você não vai acreditar que isso aconteceu.
No seu lugar, eu também não acreditaria.
Acharia que era mentira ou que você pirou de vez.
Mas isso tudo *realmente* aconteceu.
Eu juro.
Apenas olhe pra mim.
Tá vendo?

1.
Começos horríveis

A primeira mordida que levei foi às 2h54 da madrugada, quando eu dormia na minha cama.

A segunda veio três horas depois, durante a minha corrida por uma estrada escura na floresta.

E a terceira, naquela tarde, em um *trailer* velho e abandonado de circo.

Tudo aconteceu no segundo pior momento do ano — o último dia das férias de verão. Na sequência, eu iria começar o ensino médio. Havia quatro razões para eu estar empolgado e quatro razões para não estar.

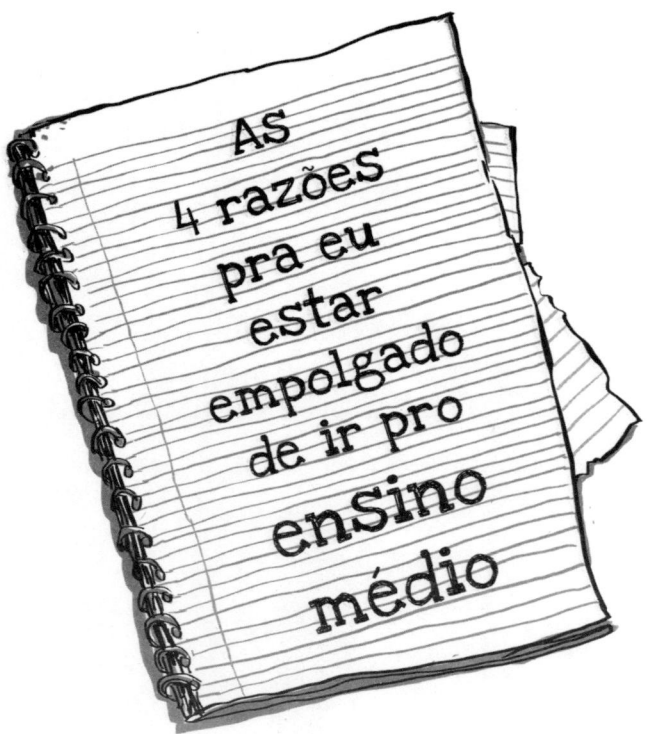

1) Eu não serei mais uma criança esquelética do ensino fundamental.
2) Tanner Gantt não estará lá. Ele é um cara que me sacaneava o tempo todo na escola. É grandão e empurra as crianças, inventa apelidos ridículos e zoa com elas. O Tanner finge derramar sem querer a sua bebida na gente e depois diz: "Aahh, me descuuuuulpaaaa!" Ele também joga comida nos outros e enfia os garotos em latas de lixo. Ninguém tem coragem de enfrentá-lo porque ele provavelmente nos mataria.

Mas agora eu não precisava mais me preocupar com o Tanner. O meu melhor amigo, Zeke Zimmerman, me ligou duas semanas antes do início das aulas.

— Tom! — ele gritou ao telefone, todo animado. — O Tanner Gantt *não* vai pra mesma escola que a gente! Ele vai se mudar!

Essa foi a melhor notícia de todas. Mas tenho que confessar que senti pena das crianças da outra escola.

3) Eu terei o meu próprio armário. Poderei guardar todo o meu lixo escolar, colocar fotos legais e estocar comida de emergência. E será possível manter coisas secretas lá, também. Ainda não tenho nada secreto, mas quem sabe um dia?

O que me preocupava um pouco era esquecer a minha combinação do armário.

A minha irmã, Emma, que tinha dezesseis anos e era a segunda pessoa de quem eu menos gostava no mundo (o Tanner Gantt era a número 1), me disse: "Se você esquecer

a sua combinação, terá que pagar cem pilas ao zelador mal-humorado pra abrir o seu armário... e o diretor vai anunciar pra toda a escola que você esqueceu."

Me imaginei sentado na sala de aula e ouvindo pelo alto-falante: *"Atenção, alunos e professores, aqui é o diretor! O Tom Marks esqueceu a sua combinação do armário. Não deixem de rir e apontar para ele o dia todo. Obrigado."*

Decidi escrever a combinação na sola do meu tênis, pra caso eu esqueça. Descobri depois que era mentira da Emma. Ela faz isso o tempo TODO.

4) A Annie Barstow está indo para a mesma escola. Assim como eu, ela tem onze anos. É inteligente e engraçada, e eu gosto muito do cabelo dela. Queria que, um dia, a Annie fosse minha namorada, mas estava esperando chegarmos ao último ano para conversar sobre isso com ela. Até lá, seríamos apenas amigos. Eu chamei isso de *Plano para Namorar*. Acho uma boa ideia fazer planos.

Se a Annie concordasse em ser minha namorada, então, após a formatura no ensino médio, iríamos para a faculdade juntos, depois nos casaríamos e ficaríamos muito, muito ricos e moraríamos na nossa própria ilha particular. Eu ainda não fazia ideia de como iríamos enriquecer. Estava contando com a Annie para descobrir isso, porque ela é muito inteligente.

Ainda não falei pra Annie sobre o *Plano para Namorar*.

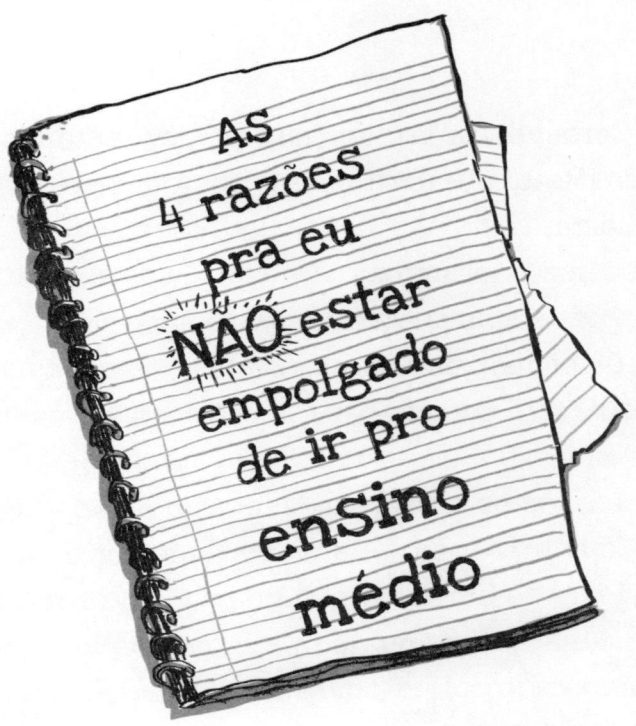

1) Eles passam MUITA lição de casa.

No ano passado, a Emma me avisou:

— Os livros do ensino médio pesam nove quilos cada. Algumas crianças recebem tanto dever de casa que machucam as costas por carregá-los de lá para cá.

— Não é possível, Emma — respondi. — Você está mentindo.

Então ela apontou da janela para um garoto andando pela calçada. Ele usava um aparelho para as costas.

— Ali está um exemplo. — A Emma sorriu.

Mais tarde descobri que ela estava mesmo mentindo. A Emma é uma peste.

2) Terei de encontrar as minhas sete salas diferentes e chegar a elas a tempo, antes que a campainha toque.

— Certa vez, uma criança se perdeu tentando achar a sua sala de aula — a Emma me contou —, e ela nunca mais foi vista.

Ela é *muito* mentirosa.

3) Pode ser que haja alguns valentões que sejam ainda piores que o Tanner Gantt.

— Ah, com certeza haverá — a Emma garantiu, toda sorridente.

4) Lá, somos forçados a dar quatro voltas — um quilômetro e meio — em educação física, na Maior Pista de Corrida do Mundo. Odeio correr.

Eu sabia que o ensino médio não seria fácil, mas estava preparado porque tinha um plano: o *Plano do Tom*

Invisível, como decidi chamá-lo. Eu seria discreto, ficaria na minha, sem ser notado. Dessa forma, não seria intimidado nem ganharia um apelido idiota por fazer algo estúpido e embaraçoso.

Uma vez, um menino da minha escola fez um relatório sobre cachorros-quentes que leu pra nós em sala de aula. Muito nervoso, ele ficava dizendo "quente cachorro" em vez de "cachorro-quente". A partir de então, todo o mundo passou a chamá-lo de Quente Cachorro.

Um pequeno erro, e toda a sua vida muda.

Toda a minha vida mudou na véspera do início do ensino médio.

2.
A primeira mordida

Sempre vou à casa da minha avó no último final de semana antes das aulas começarem. Ela mora na floresta, a umas três horas de distância de onde moro.

A vó é bem idosa, mas não age como uma velhinha. Ela anda de bicicleta, faz caminhadas e pratica ioga. Tem uma longa cabeleira grisalha e sempre usa jeans, camisas coloridas, óculos com aros modernos e colares malucos. Eu acho que ela devia ser hippie.

A minha avó tem muitos discos de vinil, e costuma ouvi-los bem alto e cantando junto.

— É porque ela está ficando surda — o meu pai diz. Mas a vó explica:

— Se não for pra ouvir *rock and roll* bem alto, pra que tocar?

No meu último dia na casa da vó, na véspera do início das aulas, programei o meu alarme para as seis da manhã. Eu tinha decidido acordar cedo e correr para ficar em forma, para poder fazer aquelas quatro voltas idiotas da educação física. É como se os caras quisessem que você fosse para as Olimpíadas. Eu não quero ir para as Olimpíadas.

Mas também não quero ser o perdedor — o panaca que chega por último, arfando, bufando e parecendo que vai desmaiar. Então, estava acordando cedo para correr. Esse era o meu segundo dia. Claro que eu deveria ter começado cerca de duas semanas atrás, mas *odeio* correr e acordar cedo.

E como eu corria ainda antes do sol nascer, não estava quente. Eu não queria ficar todo suado e nojento. Quem gosta de ficar todo suado e nojento? Só aquelas pessoas que querem estar nas Olimpíadas.

Naquela manhã, desliguei o alarme e olhei pela janela aberta. Eu podia ver a lua através das árvores. Era crescente, cerca de três quartos de cheia. Foi quando senti algo estranho no pescoço, como uma mordida. Lembrei de ter sentido algo no pescoço no meio da noite, afastado o que quer que fosse e voltado a dormir. Eu *sempre* sou mordido e picado na casa da vó. Até fiz uma lista que deixo pregada na geladeira dela.

É como se o primeiro inseto que me vê chegando à casa da vó contasse para os outros que eu cheguei:

— Ei, pessoal! O Tom chegou!

— Eu adoro morder esse moleque!

— Eu também. Mordi o bocó cinco vezes no ano passado!

— É mesmo? E eu o piquei dez vezes!

— Picou nada!

— Piquei sim!

— Você é uma abelha! Se tivesse picado quem quer que fosse uma única vez, teria morrido!

— Bom... hã... eu... *queria* picar o garoto dez vezes.

— Que tal um concurso pra ver quantas vezes conseguimos morder e picar o Tom!

— Que ideia incrível!

— Atacar!

> **COISAS** que já morderam ou picaram o Tom Marks:
>
> Pulgas
> Pernilongos
> Abelha
> Vespa
> Borrachudos
> Carrapato

Sei que não acontece desse jeito, mas é como eu sinto que é.

Cheguei a achar que a mordida no meu pescoço fosse de uma aranha, mas depois descobri que era de algo um milhão de vezes pior.

o o o

Calcei o meu tênis de corrida, vesti calça de moletom e camiseta. Eu estava meio cansado, porque a vó e eu ficamos acordados até tarde assistindo a um filme.

Depois que jantamos pizza caseira e refrigerante, ela se inclinou sobre a mesa e sussurrou:

— Quer ver um filme de terror?

A vó *adora* filmes de terror.

Aquele que vimos era bem antigo e preto e branco. Eu pensei que seria chato, mas na verdade era bem assustador... e engraçado também. Tinha Frankenstein, Drácula e o Lobisomem perseguindo dois caras chamados Abbott e Costello. Tenho que admitir, posso ter fechado os olhos algumas vezes. Espero que o vó não tenha me visto fazer isso. Mas eu sabia que, mesmo que ela visse, não contaria a ninguém.

o o o

Quando desci a escada, a vó estava na cozinha fazendo o café. Ela acorda cedo todos os dias, mesmo não precisando.

— Bom dia, Tommy! Pronto pra ir correr?

Ela é a única pessoa que eu ainda deixo me chamar de Tommy. Todas as outras pessoas me chamam de Tom (exceto o Tanner Gantt, que me chama de Tommy Ferrando, mas ele não conta).

Mostrei meu pescoço pra ela.

— É mordida de aranha, vó?

— Me deixa dar uma olhada. — Ela examinou o meu pescoço. — Não estou vendo nada... opa! Tem dois pontinhos vermelhos bem pequenos. Seu sangue deve ser bem doce, algo te mordeu duas vezes.

Ela foi até a lista na geladeira e anotou "aranha".

o o o

Saí pela porta dos fundos e segui um caminho até a estrada. Leva mais tempo, mas eu não queria passar pelo Stuart.

O Stuart é o cão gigantesco do vizinho da vó, que está sempre amarrado no jardim da frente com uma corda. Ele é um husky siberiano, com pelo cinza e branco, então parece um lobo.

"Stuart" é o pior, mais idiota e mais ridículo nome para aquele cachorro. Ele devia se chamar Brutus, Matador ou Max.

Ele sempre late pra mim quando passo.

Quando eu tinha cinco anos, a Emma me disse: "Se o Stuart roer a corda, é melhor você correr, porque ele vai te perseguir, morder, matar e devorar."

Eu não queria descobrir se ela estava mentindo.

• • •

Ainda estava muito escuro, mas a lua iluminava o suficiente para eu enxergar a estrada de terra durante a corrida. Cinco minutos depois, quando virei à direita, eu congelei.

Dei de cara com o Stuart parado no meio da estrada.

Ele deve ter finalmente mastigado sua corda e decidido esperar aqui para me atacar. (Odeio quando a Emma está certa). Ele inclinou a cabeça para trás e uivou. Eu nunca tinha ouvido o Stuart uivar antes. Na escala assustadora de 1 a 10, isso foi um 9.

Quando baixou a cabeça, ele olhou direto pra mim, rosnando.

— Senta — falei. — Stuart... senta.

Eu não sabia se ele me obedeceria, mas valeu a pena tentar.

Lentamente, comecei a andar para trás.

— Bom menino... senta... seentaaaaa...

Ele não sentou.

O Stuart disparou direto pra mim. Naquele momento, lamentei não treinar para as Olimpíadas desde os cinco anos... Nesse caso, sem dúvida eu poderia ter uma chance de escapar.

Ele se aproximava cada vez mais, e eu me virei e comecei a correr o mais rápido que pude.

— Parado! Senta! — gritei por cima do ombro. — Rola! Finge de morto!

O cão estava bem atrás de mim agora, tentando me morder. Eu podia ouvir os seus dentes estalarem toda vez que ele abocanhava o ar. O cansaço começava a tomar conta de mim, e eu sabia que não poderia continuar correndo naquela velocidade.

Por que me levantei pra correr aquela manhã? Qual o problema em ser o perdedor da aula de educação física, bufando, arfando e desmaiando numa corrida de um quilômetro e meio? Agora eu ia ser mordido por um cachorro gigante que nem sabia fazer truques de cachorro.

O Stuart me mordeu no tornozelo. Senti os seus dentes atravessando a minha meia e entrando na minha carne.

De repente, vi luzes brancas brilhando à frente.

Eram os faróis de um caminhão grande descendo a estrada, bem na nossa direção. Assustado, o Stuart fugiu para a floresta. O caminhão passou, eu parei de correr e me inclinei, com as mãos nos joelhos, tentando recuperar o fôlego. Ao puxar a perna da calça, constatei que a parte de trás da minha meia tinha um pouco de sangue. Baixei a meia e vi as marcas da mordida.

E se eu pegasse raiva?

Eu e a vó vimos um filme sobre um garoto que foi contaminado. Ele ficou louco e começou a babar uma espuma branca. Foi muito nojento. Eu podia me ver, no primeiro dia do ensino médio, espumando pela boca. Todos me chamariam de Boca de Bolha pelo resto da minha vida.

Agora, porém, afirmo que eu *gostaria* de ter pegado raiva. Teria sido muito melhor do que o que aconteceu em seguida.

○ ○ ○

Encontrei a vó na varanda, fazendo ioga, quando cheguei correndo em casa.

— Vó! Você não vai acreditar no que acabou de acontecer!

Ela saiu da postura em que estava e sorriu.

— Me conta!

— Fui mordido de novo! — E baixei a meia para mostrar a ela.

— O que te mordeu desta vez?

— O Stuart!

A vó ficou *muito* brava. Eu nunca a vi tão zangada, nem mesmo assistindo aos noticiários da tevê. Ela pegou o telefone, ligou para o vizinho e começou a gritar com ele, dizendo, inclusive, algumas palavras que nunca a ouvi dizer antes. Eu nem sabia que a vó conhecia alguns daqueles termos. Deve ter aprendido quando era hippie.

Então, a vó parou de gritar e começou a ouvir. O seu rosto lentamente foi ficando menos bravo. Depois de um tempo, ela murmurou:

— Ah, hã... bom... Desculpe, Jasper. Tchau. — A vó desligou o telefone, pigarreou e olhou para mim. — Bom... Parece que o Stuart está no veterinário fazendo uma cirurgia ocular. Então, deve ter sido o cachorro de outro bobão! Tommy, você já tomou vacina antirrábica?

Eu odeio tomar injeção.

— Hã... acho que sim... Sim. Tomei. Com certeza. Não preciso de outra. Estou bem.

A vó pegou o telefone de novo.

— Bom, só para garantir, vamos ligar pra sua mãe.

Ela contou tudo pra minha mãe e perguntou se eu já havia sido vacinado. Ao desligar, virou-se para mim.

— Bem, você e eu temos de ir para o pronto-socorro.

Antes de sairmos de casa, a vó foi à geladeira e escreveu "cachorro" na lista de coisas que tinham me mordido ou picado.

o o o

COISAS que já morderam ou picaram o Tom Marks:

Pulgas
Pernilongos
Abelha
Vespa
Borrachudo
Carrapato
Aranha
Cachorro

Eu me sentei ao lado de um garoto da minha idade na sala de espera. Ele tinha cabelo comprido, que caía no rosto, e olhava para os polegares como se fossem a coisa mais interessante do mundo. A vó, no balcão, conversava com uma enfermeira.

O menino ergueu o polegar direito.

— Cara, você não acha que parece quebrado?

Parecia normal pra mim, mas imaginei que ele quisesse que eu confirmasse a sua suspeita.

— Sim. Parece.

O garoto assentiu e se acomodou na cadeira.

— Por que você está aqui?

— Fui mordido por um cachorro. Tenho que tomar a antirrábica.

Ele sacudiu o cabelo do rosto, arregalou os olhos.

— Sério? Isso é péssimo. O meu irmão tem um amigo que tem um primo que foi mordido por um cachorro, e ele teve que tomar cinco injeções.

Cinco injeções?! Por que alguém teria que tomar cinco injeções?! Eu só fui mordido uma vez!

— Jura? — perguntei. — Você tem certeza?

— Sim! E as injeções doem muito. Eles usam, tipo, a maior agulha que você já viu, e a enfiam inteira no seu braço, e são as injeções mais dolorosas que existem.

Ele me lembrou a Emma.

Eu esperava que estivesse mentindo, ou que o primo do amigo do irmão tivesse inventado a história, ou que ele simplesmente gostasse de ir às salas de espera de pronto-socorro para assustar as pessoas. Eu conseguia ver o Tanner Gantt fazendo isso.

— Tom Marks? — chamou a enfermeira.

Eu me levantei.

O garoto balançou a cabeça.

— Estou tão feliz por não ser você, cara...

o o o

A médica examinou a mordida no meu tornozelo, limpou o ferimento, passou um spray com algo que ardeu e então me deu uns comprimidos.

— Isso vai te deixar um pouco sonolento — ela falou. — Você vai dormir muito bem esta noite.

Apenas uns comprimidos? Nada mais? Tranquilo. Isso eu aguento. Sabia que aquele moleque idiota estava mentindo.

— Agora, levante a manga. Vou te dar duas injeções. Depois, você precisará tomar outra em três dias; e então, outra em sete dias, e *mais uma* após duas semanas.

Cinco injeções.

O moleque não estava mentindo.

Decidi que nunca mais iria para a casa da vó.

A médica pegou A Maior Agulha do Mundo.

— Você vai sentir uma picada.

Odeio quando os médicos falam esse tipo de coisa. Sempre estão mentindo! Injeções não picam. Elas doem. Seria melhor se eles simplesmente dissessem: "Ouça, garoto, isso vai doer muito porque vou enfiar esse negócio pontudo e afiado no seu braço. Prepare-se para gritar."

Se eu fosse médico, é o que eu diria.

Arregacei a manga, virei a cabeça, fechei os olhos e cerrei os dentes. Não foi só uma picadinha. Doeu!

A médica estava lavando as mãos quando a vó se lembrou da mordida no meu pescoço.

— Mais uma coisa, doutora. Pode dar uma olhada no pescoço dele?

A médica examinou o meu pescoço e sorriu.

— Puxa, é mesmo incrível que você esteja tomando as vacinas contra a raiva.

— Por quê? — perguntei.

— Isso é uma mordida de morcego.

3.
Malpassado e sangrando

Partimos para a longa viagem de carro de volta para casa. O céu ainda estava cinza e nublado, e começou a chover. Paramos para almoçar em uma lanchonete que sempre íamos. Em cima do prédio há uma estátua de um menino magrelo mordendo um hambúrguer gigante com o dobro do tamanho dele. Em um Dia das Bruxas, alguém roubou o hambúrguer e o substituiu por um boneco que parecia uma pessoa de verdade. Aí, dava a impressão de que o moleque estava comendo o homem, que gritava por causa disso. A vó adorou, e até me mandou uma foto.

Ao caminharmos pelo estacionamento, avistamos uma garota com longo cabelo ruivo, um pouco mais velha que eu, segurando um gato preto em cima do ombro. Quando passei por eles, o gato enlouqueceu, arqueou as costas e começou a chiar e miar para mim.

A garota se virou e gritou:

— O que você fez?!

— Nada! — afirmei, me afastando.

Ela me encarou.

— Sim, você fez algo! Disse alguma coisa? Você o assustou?

— Não! Eu não fiz nada!

Ela começou a conversar com o gato.

— O que esse garoto te fez? Ele falou algo ruim? Fez uma cara assustadora?

A vó interferiu:

— Mocinha, meu neto não fez nada. E, a propósito, o seu gato não consegue entender uma única palavra do que você está dizendo.

o o o

Sentamos à nossa mesa preferida, ao lado da janela da frente.

— O que vão querer? — perguntou a garçonete.

— Um hambúrguer e uma Coca-Cola, por favor.

— E qual o ponto do seu hambúrguer? Malpassado? Médio? Ou bem passado?

Eu *sempre* como meus hambúrgueres bem passados, mas por algum motivo um malpassado parecia delicioso naquele momento.

— Malpassado, por favor — respondi.

A garçonete sorriu para mim e escreveu no seu bloquinho.

— É assim que eu gosto também. Malpassado e sangrento. Qual o tamanho da Coca?

Não sei por que, mas eu observava uma veia do lado da garganta dela. A garçonete tinha um pescoço longo, e a sua pele era bem pálida, então eu conseguia ver direitinho a veia.

Ela bateu no meu cardápio com a ponta do lápis.

— Olá? Qual o tamanho da sua Coca?

— Ah, desculpe... Gigante. Meus pais NUNCA me deixaram pedir o tamanho gigante.

A vó é a única pessoa que deixa.

O hambúrguer malpassado foi o melhor que já comi na vida.

A Coca-Cola gigante acabou sendo um dos meus maiores erros.

o o o

Estávamos no carro, a cerca de meia hora da minha casa, quando eu disse:

— Vó, eu tenho que ir ao banheiro.

Ela deu risada:

— Uma velha muito sábia não te disse para ir lá na lanchonete?

Busquei "banheiro mais próximo" no celular dela e encontrei um em um posto de gasolina na rodovia. Descemos uma longa estrada de terra em que nunca tínhamos estado antes, depois subimos uma pequena colina, e ali estava: um posto de gasolina velho e assustador no meio do nada. Era apenas uma cabana de madeira, com três bombas de gasolina na frente.

Eu engoli em seco.

— Vó, este lugar parece o posto que vimos naquele filme de terror.

— Parece mesmo — ela respondeu.

A vó parou o carro junto às bombas de gasolina, depois saiu e olhou em volta.

— Não parece estar aberto. Acho que você terá que fazer nos arbustos.

Eu não queria ir nos arbustos. Apostaria um milhão que havia cobras, lagartos, guaxinins, ratos, ratazanas e coiotes, todos esperando lá para me morder.

— O que vocês querem? — alguém rosnou.

Quando nós nos viramos, vimos um cara magro fumando um charuto fedorento. Ele vestia macacão. Parecia estar fazendo algo que não queria que ninguém soubesse.

A vó sorriu pra ele.

— Olá. O meu neto precisa usar o seu banheiro. Onde fica?

O Velho do Charuto Fedorento lançou um olhar estranho e disse:

— Vai abastecer o carro?

— Vou. Assim que você se afastar desses tanques de gasolina com o seu charuto aceso, que pode inflamar o combustível e mandar todos nós pelos ares.

O Velho do Charuto Fedorento grunhiu e apontou o polegar por cima do ombro.

— O banheiro fica lá atrás.

Ele ficou me encarando enquanto eu saia do carro, e exclamou:

— Não fique bisbilhotando lá atrás, garoto. Faça o que tem que fazer e volte aqui.

Eu não pretendia ficar nem um segundo a mais do que o necessário no Posto de Gasolina Mais Assustador do Mundo.

o o o

Dei a volta no posto para chegar ao banheiro. Passei por um *trailer* velho com a seguinte inscrição gasta: "Circo de Esquisitices."

Logo depois, havia um velho carrossel para crianças pequenas. Alguns dos cavalos de madeira estavam no chão, na terra. Outros não tinham cabeça. Aquele lugar estava ficando ainda mais assustador.

Nem queira saber como era ou como cheirava aquele banheiro. Mantive a respiração presa o tempo todo e fui o mais rápido que pude. Lavei as mãos, mas não enxuguei, porque precisava respirar, e jamais faria isso ali.

Eu estava voltando para o carro, enxugando as mãos molhadas na calça, quando vi um *trailer* menor, daqueles que as pessoas prendem atrás de seus carros. Tinha um cartaz desbotado nele.

As pessoas deviam pagar para entrar no *trailer* para ver alguém vestido de zumbi.

A porta do *trailer* não estava totalmente fechada, então eu dei uma espiada. Pude ver algo no canto do fundo.

100% REAL

O QUE É?

HOMEM? OU MONSTRO? VEJA O ZUMBI.

SE TIVER CORAGEM!

Então eu entrei.

Eu costumava me perguntar por que as pessoas nos filmes entravam em casas de aparência assustadora, salas assustadoras, armários assustadores ou cavernas escuras, quando *sabiam* que tinha algo ruim lá dentro. Não me pergunto mais, porque fiz a mesma coisa. A gente simplesmente precisa ver o que tem lá.

Era um boneco, com roupas esfarrapadas e rasgadas, com uma máscara de zumbi, amarrado à cadeira com uma corda. Eu me aproximei pra ver melhor e pisei em algo. Era um monte de sacolas velhas e gordurosas com restos de comida. Quem iria querer comer ali?

A máscara de zumbi era incrível. Tinha cabelo comprido e branco, pele grisalha e dentes realmente bem ruins. Dava para ver parte do cérebro através de um buraco no lado da cabeça, e um dos globos oculares estava saindo.

A pele da máscara parecia super-realista. Quase como a verdadeira pele humana. Inclinei-me para mais perto, para que eu pudesse tocar e ver como era. Foi quando o zumbi se inclinou pra frente e abriu a boca.

4.

Enganado

Levei as mãos à frente do rosto, e soltei um pequeno grito também. A máscara de zumbi tinha dentes super-realistas, repugnantes e apodrecidos, e eles arranharam a minha mão.

Saí de lá correndo.

Imaginei que devia ter pisado em um interruptor que fazia o boneco se mexer. Ou o Velho do Charuto Fedorento me seguiu até lá e apertou um botão para fazer o boneco se inclinar pra frente e me assustar. Ele devia fazer isso com as pessoas o tempo todo. Tenho que admitir que provavelmente eu faria igual.

A vó terminou de abastecer. O Velho do Charuto Fedorento não estava ali. Aposto que tinha ido lá pra dentro, e olhava pela janela, rindo de mim. Pulei no carro.

— Está tudo bem, Tommy? — a vó perguntou, parecendo preocupada.

— Sim. Vamos embora.

Olhei para a parte inferior da minha mão esquerda. Havia um pequeno corte com um pouco de sangue onde os dentes do boneco zumbi tinham me arranhado. Limpei a mão na calça.

Depois que voltamos à estrada, tomei outra das pílulas que a médica tinha me dado, para não pegar raiva nem me transformar no Cara com a Boca Espumando.

A vó pôs pra tocar uma das suas músicas antigas. Era uma garota cantando sobre ter dezessete anos e todas as coisas deprimentes que tinham acontecido. A sua voz era linda e acabou me dando sono.

De repente, ouço a minha mãe gritando:
— Acorda, garoto do ensino médio!

5.
Isso não parece bom

Bam! Bam! Bam!

Minha mãe estava batendo na porta do meu quarto. Eram sete da manhã. Meio que me lembrei de ter voltado para casa, cambaleando e sonolento, e de falar para os meus pais da picada no meu pescoço e da mordida do cachorro. Mas não falei nada do corte na minha mão com o boneco zumbi. E então fui direto para a cama.

— Levanta! Vai se vestir! — gritou minha mãe com a sua voz feliz. — É o grande dia!

— Tá bom, mãe — murmurei —, já acordei.

Eu a ouvi ir embora cantarolando pelo corredor. Por que tanta alegria? Aposto que não ficou tão empolgada no dia em que ela própria começou o ensino médio.

Sentei na cama. E me senti estranho. Não que eu estivesse doente, mas não estava normal. Talvez fosse assim que todos se sentiam no primeiro dia...

A outra coisa esquisita é que notei que a minha casa tinha cheiros fortes. Eu podia sentir o cheiro do café da mamãe e do papai no andar de baixo. Era como se tivessem aberto uma cafeteria na cozinha.

Também podia sentir o perfume da Emma, que devia ter usado dois litros pensando que todos os garotos se apaixonariam por ela. Ninguém jamais se apaixonaria pela Emma, a menos que fosse completamente louco.

Eu podia até sentir o cheiro de Muffin, o nosso cachorro, que parecia estar precisando de um banho. Ele poderia ter usado um pouco do perfume da Emma.

Comecei a planejar o que vestir no primeiro dia de aula. Era parte do meu Plano do Tom Invisível, para que ninguém me notasse.

Roupas pro Primeiro Dia de Aula

Calça jeans
Camiseta azul básica
Casaco de moletom cinza com capuz
Tênis preto
Meias brancas

Ao terminar de me vestir, me dei conta do tamanho da minha fome. Parecia fazer uma semana que eu não comia. Corri escada abaixo para a cozinha.

A mamãe, na pia, de costas para mim, batia no liquidificador uma bebida nojenta e saudável de frutas e vegetais.

— Como se sente, Tom? Nervoso? Animado?

O papai, sem erguer os olhos do iPad, onde lia as notícias, comentou:

— Eu fiquei meio nervoso no meu primeiro dia de ensino médio. Então, fingi que era um agente secreto, trabalhando disfarçado na escola, procurando por um gênio do mal, disfarçado de professor, que queria dominar o mundo.

A Emma, concentrada no celular, como em todas as vinte e quatro horas por dia, balançou a cabeça e disse:

— Essa é a coisa mais ridícula que já ouvi.

— Cadê a vó? — perguntei.

A mamãe despejou a sua bebida nojenta e saudável em um copo.

— Saiu bem cedo esta manhã, para não pegar trânsito. Tinha uma aula de dança. E pediu pra te dizer "Boa sorte na escola".

A Emma finalmente desviou a atenção do aparelho.

— Uau... Você está incrível esta manhã, Tom. É um cara muito bonito e vai conseguir muitas namoradas na nova escola.

A Emma NUNCA me elogia. Ela não diz nada de bom a meu respeito desde que eu tinha três anos. Portanto, estava sendo sarcástica. O que é uma das coisas que ela mais gosta de fazer.

A mamãe fuzilou a Emma com o olhar e a repreendeu:

— Emma Gwendolyn Marks! — E então tornou a olhar pra mim. — Tom, você está mesmo um pouco pálido.

— A vó *sempre* faz a gente colocar filtro solar demais. — A Emma balançou a cabeça.

A mamãe fez cara de preocupada.

— E você está com olheiras escuras embaixo dos olhos.

— A vó, na certa, deixou o pirralho dormir tarde para assistir a algum filme de terror. — A Emma deu de ombros.

O papai levantou a cabeça e me encarou.

— Os seus olhos estão um pouco vermelhos e lacrimejando.

— Aposto que se esqueceu de tomar o seu remédio da alergia. — A mamãe suspirou. — Você precisa tomar o remédio sempre que vai para a vovó.

A Emma abriu um enorme sorriso falso.

— Mas falando sério, Tom, adorei o que você fez com o seu cabelo.

Eu soube na hora que tinha algo errado com ele, e estiquei a mão para tocá-lo. Estranho. Parecia mais grosso e comprido.

— Quando foi a última vez que você lavou a cabeça? — a mamãe quis saber.

— Ou usou um pente... — a Emma completou.

— Você precisa cortar o cabelo. — O papai ergueu uma sobrancelha.

A Emma deu outro sorriso sarcástico.

— Tudo bem, gente, temos que admitir que o meu irmão é estranho. Podemos apenas aceitar esse fato e seguir em frente?

A Emma sempre tenta ser engraçadinha, mas ela não é. Queria que existisse um lugar onde fosse possível trocar a irmã por outra se não gostássemos dela. Ou ainda melhor: por um irmão mais velho e legal. Eu faria isso fácil.

— Olá, sr. Marks! Bem-vindo à Loja de Troca de Irmão. O que posso fazer por você?

— Gostaria de trocar a minha irmã, Emma, por um irmão.

— Ah, sim! Ouvi falar da sua irmã, a horrível Emma Marks, uma criatura cruel, desprezível e malvada! Bom, hoje é o seu dia de sorte. Acabamos de receber um carregamento de irmãos mais velhos incríveis, e eu tenho um perfeito pra você! Tyler, pode vir aqui, por favor? Ah, aqui está ele. Tyler, este é o sr. Marks.

— E aí, cara? Meu nome é Tyler. Quer ir comer pizza, ficar de boa, jogar videogame, me contar os seus problemas pra que eu resolva e dê um pau em qualquer valentão que esteja te incomodando? Ei, olha só, tenho uma nota de cem sobrando. Fica pra você.

— Ele é perfeito! Negócio fechado!

— Esplêndido, sr. Marks. Vamos mandar o nosso pessoal buscar a Emma. É claro que ninguém vai querê-la, a sua irmã faz parte do grupo que chamamos de *Os Introcáveis*. Por isso ela será vendida para experimentos científicos.

Ah, que maravilha se existisse uma loja dessas!

o o o

Passei os dedos pela minha cabeleira bagunçada, jogando os fios para trás.

A Emma me olhou com cara de interrogação.

— Quando as suas orelhas ficaram pontudas?

— As minhas orelhas não são pontudas! — Toquei o topo delas. Pareciam diferentes.

— O seu avô tinha orelhas pontudas — afirmou o papai. — As garotas amavam. Chamavam ele de Elfinho.

Eu NÃO queria que as garotas me chamassem de Elfinho.

Me levantei e fui até o espelho no corredor perto da porta da frente. Mirei a minha imagem, mas não conseguia me ver muito bem. O meu reflexo estava embaçado e escuro.

— Ei! O que há de errado com este espelho? — gritei.

— Você está olhando pra ele! — Emma berrou da cozinha..

— Não consigo ver nada!

— Sorte sua. É melhor não se ver esta manhã!

— Para com isso, Emma! — a mamãe ordenou.

— O espelho deve estar empoeirado — o papai sugeriu. — Passe um pano nele.

— Tom! — a mamãe chamou. — Venha comer alguma coisa! Você vai se atrasar para a escola!

Com aquele lance de todo mundo falando sobre como eu estava estranho, acabei esquecendo a minha fome gigantesca. Voltei para a cozinha.

— Mãe, você pode me fazer alguns ovos mexidos, bacon, batatas fritas, linguiça, torradas e panquecas? E talvez algumas torradas? E um milkshake?

A mamãe riu.

— Você está brincando comigo...

Não estava, não.

— A vó não te deu de comer no fim de semana? — a Emma perguntou, ao mesmo tempo que mandava uma mensagem pelo celular.

— Não tenho tempo para preparar tudo isso. — A minha mãe deu de ombros. — E você não tem tempo para comer tudo isso. Sirva-se de um pouco de cereal.

O papai sorriu.

— Eu *vivia* com fome quando tinha a sua idade.

Eu me servi de uma tigela gigante de cereal. Tinha acabado de colocar o leite quando o Muffin entrou pela portinha dele. O nosso cachorro é um vira-lata de primeira, com cerca de dez raças diferentes misturadas. Ele ama todo o mundo. Se alguém tentasse nos roubar, o Muffin apenas abanaria a cauda e distribuiria lambidas.

— Ei, Muffin — chamei.

Ele trotou em direção à mesa, mas, de repente, congelou no lugar. Baixou a cabeça, e os pelos das suas costas começaram a se arrepiar. Então fez algo que nunca tinha feito antes.

Ele rosnou pra mim.

Todos pararam o que faziam pra ver aquilo. Até a Emma.

— Qual é o problema, Muffin? — a mamãe perguntou.
— Esse é o Tom.

Eu rosnei de volta.

Nunca antes rosnei pro Muffin. Nem pra ninguém. Nem pra Emma.

— Tom, pare com isso! — a mamãe me repreendeu.

O Muffin colocou o rabo entre as pernas e saiu rapidinho da sala.

A Emma me encarou:

— O que deu em você?!

— O Muffin rosnou para mim primeiro! — protestei.

— Coma logo, vamos — disse a mamãe.

Comecei a devorar o resto do meu cereal, mas já estava encharcado e molengo. Que nojo.

A mamãe olhou pela janela e suspirou.

— Está tão escuro e melancólico... Não acho que o sol vai sair hoje.

— Eu amo esse tipo de clima. — A Emma estava passando por uma fase de "escuridão". Seu cabelo, suas unhas e todas as suas roupas eram pretos. Ela até queria lentes de contato pretas, mas os meus pais não permitiram.

— Quero que os dois levem guarda-chuva — a mamãe ordenou.

De jeito nenhum eu levaria guarda-chuva para a escola. Quem a mamãe pensava que eu era? Crianças do ensino médio não levam guarda-chuva para o colégio. Bem, pelo menos não as descoladas. Ninguém veria o Jason Gruber, que era bom em todos os esportes já inventados, com um guarda-chuva. Nem o Juan Villalobos, que tocava violão como um profissional. A Annie Barstow pode até levar um guarda-chuva, mas será um guarda-chuva descolado.

O único que definitivamente levaria um guarda-chuva seria o Abel Sherrill. Ele foi o garoto mais estranho da nossa escola primária. O Abel usava terno e gravata, carregava uma pasta e trazia um guarda-chuva para a escola, todos os dias. As crianças zombaram dele no início, mas ele não se importou, e elas acabaram se acostumando. Me perguntei como o Abel iria se sair no ensino médio com todas aquelas crianças novas que nunca o tinham visto antes.

Um carro buzinou lá fora.

— É a Pari. — A Emma se levantou. — Fui!

A Pari Murad é a melhor amiga da Emma. Não sei por que ela anda com a minha irmã. A Pari é o oposto da Emma: legal, inteligente, educada, bonita e um ser humano.

A Emma e eu pegamos as nossas mochilas e começamos a sair da cozinha. A mamãe nos bloqueou na porta.

— Ninguém sai desta casa até escovar os dentes. — A minha mãe é obcecada por dentes. Deveria ter sido dentista.

— Eu vou chegar atrasada! — a Emma protestou.

— Eu também! — concordei.

— Talvez, mas vocês não terão cáries.

A Emma e eu subimos as escadas para escovar os dentes.

— E não se esqueçam de passar o fio dental! — a mamãe gritou.

Também não consegui me ver direito no espelho do meu banheiro. Será que eu estava precisando de óculos? Ao passar o fio dental, notei que dois dos meus dentes laterais de cima pareciam diferentes. Toquei neles, e pareceram mais pontudos e um pouco mais compridos. Ou será que eles já eram assim antes? Não presto muita atenção aos meus dentes. Espero não ter que pôr aparelho. Se eu tiver que usar aparelho nos dentes e óculos, começarei a pensar seriamente em estudar apenas em casa.

o o o

O mais estranho de tudo é saber que, um dia, aqueles dois dentes assustariam as pessoas, me colocariam em apuros e salvariam a minha vida...

6.
Desaparecendo

A Emma e eu finalmente fomos em direção à porta da frente. A mamãe me agarrou e me abraçou.

— Já tá bom, mãe — falei —, pare de me abraçar senão vou perder o ônibus!

— Divirta-se na escola, Emma — o papai falou.

A Emma abriu um sorriso bem falso.

— Pode deixar. Porque *todo o mundo* se diverte na escola! É o lugar mais divertido do mundo! — E ela revirou os olhos.

— Esperem! — a mamãe gritou. — Temos que tirar uma foto!

A Emma inclinou a cabeça para trás e abriu a boca. Por um segundo, pensei que ela fosse uivar. Mas ela apenas disse:

— Nãããããooo!

A mamãe procurava o celular na bolsa.

— Sim! Nós precisamos!

— Não, não precisamos! — a Emma retrucou.

Desde o jardim de infância, a mamãe tira uma foto minha e da Emma na frente de casa no primeiro dia de aula. Não se pode lutar contra isso. Apenas temos que ceder e fazer. Certa vez, a Emma se recusou, e a mamãe começou a chorar. Então, a Emma deixou.

— Aqui está! — A mamãe achou o telefone.

— Anda logo! — A Emma fez uma careta.

— Vamos lá, crianças, sorriam — a mamãe pediu.

— Não vou sorrir — a Emma afirmou.

Eu também não estava no clima.

— Mãe! Não quero chegar atrasado no meu primeiro dia!

— Vocês vão adorar ter estas lembranças quando forem adultos. Um, dois, três! — Ela olhou para o telefone e fez uma careta. — Que esquisito... Não consigo ver o Tom.

A Emma revirou os olhos de novo.

— *Quando* você vai aprender a usar a câmera do seu celular?

Pelo menos desta vez a Emma tinha razão. A mamãe está sempre colocando cores e efeitos estranhos, sem querer.

57

Olhei para a imagem. Lá estava a Emma, parecendo competir no concurso mundial de Garota de Dezesseis Anos Mais Insatisfeita. E estava ganhando. Mas eu não estava na foto. Havia apenas um espaço embaçado e meio vazio. Era como se eu fosse invisível.

— Eu apaguei o Tom. — A mamãe franziu as sobrancelhas.

— Boa! — Emma deu risada.

— Como eu fiz isso? — mamãe gemeu. — Odeio esse novo aparelho! O antigo era muito melhor!

— Até mais tarde. — E a Emma se afastou, indo para o carro da Pari.

— Olá, Tom! — gritou a Pari, acenando para mim.

— Oi, Pari! — Tentei acenar de volta, mas foi difícil, porque eu tentava me livrar do segundo abraço mortal da mamãe, que é muito mais forte que parece.

Pouco antes de entrar no carro da Pari, a Emma se virou e olhou para mim.

— Boa sorte no ensino médio, Tom.

Eu não conseguia acreditar que ela disse isso.

— Hã... Obrigado, Emma.

Ela sorriu.

— Você vai precisar.

○ ○ ○

A Pari e a Emma foram embora com o rádio do carro tocando muito alto. Mas não tão alto quanto o da vó.

A mamãe ergueu um pequeno saco de papel marrom.

— Aqui está o seu almoço.

— Mãe! Ninguém leva o almoço para o ensino médio!
— Quem disse?
— Todo o mundo! Eu quero comprar a minha comida no refeitório.

Ela me entregou o saco.

— Amanhã você pode comprar o seu almoço. Fiz o seu preferido: sanduíche de salame e queijo, uma maçã... por favor, coma, não jogue fora... batatas fritas e biscoitos de chocolate.

Eu queria comer tudo naquele momento. Aquela tigela grande de cereais não tinha feito nem cócegas no meu estômago.

Por que eu estava com tanta fome?

7.
Chega de Tonzão

Corri dois quarteirões até o ponto do ônibus escolar. Eu torcia para ninguém do colégio notar o meu cabelo despenteado, os olhos lacrimejantes, a pele pálida, os dois dentes estranhos e as orelhas meio pontudas. Enterrei o capuz na cabeça para esconder o rosto.

O Zeke Zimmerman, meu melhor amigo, já estava no ponto. Conheço o Zeke desde o jardim de infância. Sem querer, derramei uma jarra de tinta azul nele no primeiro dia de aula. A maioria das crianças ficaria brava, bateria em mim ou contaria para a professora. O Zeke apenas riu, achando que tinha sido a coisa mais engraçada do mundo. Então, andou pela sala coberto de tinta dos pés à cabeça, dizendo: "Sou o sr. Azul. E você, quem é?"

E aí, viramos melhores amigos.

— Tonzão! — ele me chamou quando me viu.

Ele só me chama de Tonzão. Eu não gosto muito, mas quando o Zeke começa a fazer algo, é difícil fazê-lo parar. Mas eu não podia deixá-lo me chamar de Tonzão agora que íamos para o ensino médio.

— Ei, Zeke, será que você pode parar de me chamar de...

— Primeiro dia do ensino médio! Vamos ser muito descolados! — o Zeke gritou, pulando e agitando os punhos. — É isso aí!

— Certo, Zeke, se acalme. — Sempre preciso falar pra ele se acalmar, porque o meu amigo fica animado por qualquer coisa. — Presta atenção. Estamos no ensino médio agora, por isso precisamos agir como garotos do ensino médio.

O Zeke concordou com a cabeça.

— Entendi totalmente, Tonzão! — Então ele jogou a mochila para cima e a agarrou de novo.

— E *não* me chame mais de Tonzão.

O Zeke me olhou com cara de que ia chorar. Ele é muito emotivo.

— Mas... mas... eu chamo você de Tonzão desde o jardim de infância...

— Sim, eu sei. E é por isso que você precisa parar agora.

Ele olhou para baixo, para os seus tênis, e sussurrou:

— Posso te chamar de T.?

— Não.
— E de sr. T.?
— Não.
— Posso te chamar de O Grande T.?
— NÃO! Me chame apenas de Tom.
— Tá bem... mas posso te chamar de Tonzão quando estivermos a sós?

Eu sabia que aquilo era o melhor que poderia conseguir com o Zeke.

— Tá bom, acho que sim, mas só nessa situação.
— Incrível!

Quando me virei para ver se o ônibus estava chegando, o capuz caiu da minha cabeça.

O Zeke olhou para mim e exclamou:

— Tonzão! O que aconteceu com você?!

8.
Óculos e mais notícias ruins

Comecei a explicar tudo pro Zeke:
— A minha avó passou protetor solar demais em mim, não tomei o meu remédio para alergia, as orelhas pontudas vieram do meu avô e...
— Não, cara! Não é isso! — Os seus olhos estavam arregalados.

— O que foi, então? — perguntei, nervoso. Será que tinha crescido um chifre na minha testa?

O Zeke ficou a um centímetro do meu queixo.

— Você está com uma espinha.

Apalpei o queixo, e senti um carocinho que eu não tinha percebido.

— Ah, cara, mal posso esperar pela minha primeira espinha! — Só o Zeke diria algo assim.

Contei a ele sobre a mordida de morcego, a de cachorro e sobre o boneco zumbi.

— Incrível! — ele respondeu.

Zeke sempre dizia "incrível" quando gostava de algo. É a palavra preferida dele.

— Que pena que não foi picado por uma aranha radioativa, Tonzão! Você poderia ter se transformado no Homem-Aranha!

Ele estava falando muito sério.

— Hã... Zeke, você sabe que o Homem-Aranha não é real, né?

Ele sorriu antes de responder:

— Bom, o que eu sei é que não vimos um Homem--Aranha de verdade... ainda.

E começou a fazer polichinelos. Vira e mexe, o Zeke faz isso do nada, e não tenho ideia do porquê. Quando certa ocasião perguntei, ele me disse: "Às vezes a gente simplesmente precisa fazer polichinelos."

O ônibus entrou na rua e veio na nossa direção.

— Para, Zeke — pedi. Ele sempre para quando peço.

— Certo, lembre-se: não somos mais menininhos da escola

primária. Já te contei do meu Plano do Tom Invisível. E chega de Tonzão.

O Zeke fez uma saudação.

— Pode deixar, entendi perfeitamente... Tom.

Pareceu bem estranho ouvi-lo me chamar de Tom.

∘ ∘ ∘

Entramos no ônibus. Eu conhecia algumas das crianças, mas muitas delas eram de outras escolas, ou eram mais velhas das séries mais avançadas. É meio injusto. Você é a criança legal, descolada e mais velha do ensino fundamental, no topo da pirâmide; e então, dois meses depois, você começa o ensino médio e vira de novo o moleque mais novo e idiota na base da pirâmide.

Percebi que podia sentir o cheiro do que cada criança tinha na mochila. Muitos sanduíches de manteiga de amendoim, sanduíches de queijo, barras de cereal. Eu estava com tanta fome que poderia comer tudo aquilo.

— Bem-vindos, senhores — cumprimentou a motorista do ônibus. — Meu nome é Esperanza, mas podem me chamar de Moça do Ônibus. — Sua aparência era a de uma lutadora profissional. — Sentem-se em qualquer lugar.

A Moça do Ônibus me lançou um olhar estranho e começou a mexer com uma pequena cruz de prata no colar que usava. De repente, fiquei me sentindo mal. Após passarmos por ela no corredor, eu me senti melhor.

Por sorte, ainda não tinha muitas crianças no ônibus. Fomos em direção à saída de emergência. Essa é a melhor fila para se sentar em um ônibus, porque tem mais espaço.

No meio do corredor, uma garota de cabelo curto, óculos e jeans rasgados ergueu a cabeça e sorriu pra mim.

— Oi — ela disse.

— Oi — respondi, e continuei andando.

Então Zeke falou pra ela:

— Oi, Annie!

Eu passei por Annie Barstow e não reconheci aquela que esperava ser minha futura namorada, esposa e parceira de negócios. A Annie estava totalmente... oposta. Ela costumava ter cabelo grande e não usava óculos, e jamais a vi com jeans rasgados.

A Annie me olhou e inclinou a cabeça para o lado.

— Você tá meio... diferente.

— Acho que poderia te dizer o mesmo. — Achei que isso seria uma coisa legal de se comentar.

A Annie deu de ombros.

— Sim. Cortei o cabelo e comprei óculos.

Ela ficava bem de óculos. Algumas pessoas ficam, e outras não. Acho que depende do tipo de armação escolhida. Ia demorar um pouco pra eu me acostumar com aquele cabelo curto.

— Você parece meio pálido, Tom. Está se sentindo bem?

O Zeke se intrometeu:

— A avó passou protetor solar demais nele, ele não tomou o remédio para a alergia, o avô tinha orelhas pontudas, e olhe só, ele está com a sua primeira...

— Quais professores você pegou, Annie? — perguntei rápido, antes de o Zeke começar a contar a ela sobre a minha primeira espinha.

— Senta aqui, Tom, vou te mostrar. — A Annie tirou a mochila do assento ao lado dela.

Havia um guarda-chuva saindo dele. A alça tinha o formato da uma mão. Era descolado. Claro que era.

O Zeke se sentou na fila da saída de emergência, e me olhava com uma expressão de "Por que você não está sentado comigo?". Mas de jeito nenhum eu deixaria de sentar ao lado da Annie. Estava prestes a me acomodar ali quando ouvi uma voz que pensei que nunca mais ia ouvir.

— Ei, olha só! É o Tommy Ferrando!
Ao me virar, deparei com o Tanner Gantt entrando no ônibus.

9.
O lance da mochila

Como isso foi acontecer?! Não era pro Tanner Gantt estar conosco! Ele deveria ir pra outra escola e torturar os moleques de lá. O Zeke me contou que o Tanner se mudou para o outro lado da cidade e que iria morar com o pai dele.

Por que eu ainda ouço o Zeke?!

O Tanner Gantt caminhava na minha direção com um sorriso no rosto. À medida que seguia pelo corredor, ele aproveitou para dar um soco no ombro de um garoto, bater no topo da cabeça de outra criança e arrancar um livro da mão de um menininho.

— Ai!

— Ei!

— Para com isso!

Pelo jeito, Tanner Gantt tinha ficado ainda mais alto, maior e mais malvado durante o verão. Mas ele continuava com o seu cabelo preto curto e os olhos escuros.

Eu poderia dizer *exatamente* o que Tanner Gantt tinha comido no café da manhã pelo seu hálito. Um sanduíche de manteiga de amendoim com pão branco torrado e um refrigerante. Isso parecia delicioso.

Ele ficou me encarando.

— Cara, você precisa tomar um pouco de sol. E o que há com os seus olhos? Estava chorando? Qual é o problema, nenezinho? O Tommy Ferrando tá com medo de ir pro ensino médio?

— Ignora ele, Tom — disse a Annie.

O Tanner Gantt se voltou pra Annie e a encarou.

— Barstow? Por que cortou o cabelo?

— Não é da sua conta — Annie respondeu.

— E está usando óculos. Que pena. Você era quase bonita.

Comecei a dizer "Seu idiota", mas só o que saiu foi "Seee", e então parei. Eu teria que ser louco para dizer "Seu idiota" pro Tanner Gantt. Na verdade, aquele "Seee" era menos insano, mas ainda não era uma boa ideia.

O Tanner Gantt olhou pra mim como se fosse me matar ou me comer.

A Moça do Ônibus, que nos observava pelo espelho retrovisor, gritou:

— Encontre um lugar e sente!

O Tanner Gantt se virou pra ela com um enorme sorriso falso e respondeu:

— Me desculpe, senhora.

Ele deu um passo na minha direção. Considerei seriamente pular da janela do ônibus para escapar.

— Me deixa te ajudar com a mochila, Tommy Ferrando. — Então, ele a agarrou e a atirou no fundo do ônibus.

Até que não foi tão ruim. Afinal, em vez da mochila, poderia ter sido eu.

o o o

Sempre imaginei que o Tanner Gantt iria acabar na cadeia quando crescesse. Eu tinha um plano para quando isso acontecesse: o *Plano de Tanner Gantt na Prisão*. Eu ia passar pela janela da sua cela no presídio uma vez por semana e gritar:

— Ei, Tanner! Como estão as coisas aí dentro?

Ao olhar pela janela, ele começaria a chorar e dizer:

— Tom! Me ajuda! É horrível aqui! Eu odeio isso! Queria nunca ter te xingado e jogado comida em você! Por favor, diga ao diretor que eu serei bom e nunca mais farei nada de ruim!

Aí, eu gritaria de volta:

— Desculpe, Tanner, estou muito ocupado hoje. Tenho que dirigir o meu lindo carro de um milhão de volta até a minha mansão na minha ilha particular, e ir nadar na minha piscina gigante e jogar videogame na minha tevê enorme! Até a próxima quarta-feira!

Então eu iria embora ouvindo o incrível som do choro do Tanner Gantt.

Mas havia a possibilidade de ele adorar ser trancafiado na prisão, pois estaria com pessoas exatamente como ele, que o ensinariam a fazer mais coisas ruins, e todos se divertiriam muito.

● ● ●

Depois de jogar a minha mochila, o Tanner agarrou o braço do Zeke e o puxou para fora do banco da saída de emergência.

— Sai daí, Cabeça de Bunda, esse é o meu lugar!

Aquilo era novo: o Tanner Gantt nunca chamara o Zeke de Cabeça de Bunda antes. Me perguntei se ele tinha pensado nisso durante o verão. Ele costumava chamar o Zeke de outros nomes, como Olhos de Bunda, Orelhas de Bunda, Boca de Bunda, Bundão, Bunda-Mole ou Nerd Bundão. O Tanner gostava muito da palavra "bunda".

O Zeke e eu fomos para a parte de trás do ônibus, sentamos na última fila, e o veículo começou a se mover. Eu continuava faminto. Então, peguei o meu almoço e devorei o meu sanduíche de salame e queijo.

De repente, o Tanner Gantt se virou e olhou pra mim.

— Ei! Vejam! O Tommy Ferrando é tão estúpido que nem sabe que ainda não é hora de almoçar!

Eu queria correr pelo corredor, pegar o Tanner Gantt e

jogá-lo pela janela do ônibus. Foi estranho. Porque senti que talvez conseguisse fazer isso.

o o o

A primeira coisa que fizemos na escola foi a fila para distribuição dos armários. O meu era o número 104, e a combinação, 76-54-72. Ficava no primeiro andar, perto de um banheiro. Tinha acabado de sentar pra escrever a minha combinação na sola do tênis quando levantei a cabeça. Havia um garoto de costas para mim, colocando as SUAS porcarias no MEU armário. Ele vestia um paletó preto, calça preta combinando e sapatos pretos brilhantes.

— Ei! Esse armário é meu! — falei.
O garoto se virou.

Era Abel Sherrill, o garoto mais estranho da escola. De *qualquer* escola. Ele estava, é claro, vestindo um terno preto e gravata, carregando uma pasta e tinha um guarda-chuva pendurado no braço. Abel tinha cheiro de omelete com queijo, cebola e bacon.

— Saudações, sr. Marks — ele me cumprimentou com o sorriso e a voz de um homem de trinta anos. — Parece que vamos compartilhar um armário.

O Abel chamava todos pelo sobrenome. Era sempre "sr. Marks", " sra. Barstow ", " sr. Zimmerman". Ele ergueu um pedaço de papel com o seu nome e o número 104.

— Oi, Abel — respondi, tentando não soar como se eu estivesse bravo por ter que dividir um armário com a última criança da escola com quem eu queria dividir o armário. Bobagem: dividi-lo com o Tanner Gantt teria sido uma tragédia.

O Abel ergueu uma daquelas coisas que as pessoas penduram no espelho retrovisor para deixar o carro cheiroso. Parecia uma abóbora.

— Comprei um aromatizante para eliminar quaisquer odores desagradáveis que possam se acumular — ele explicou. — Vou mudar periodicamente, de acordo com a temporada. Este é chamado de Torta de Abóbora da Vovó.

Abel pendurou o negócio em um dos ganchos do armário que deveria ser meu. Tudo o que eu colocasse lá ia cheirar a torta de abóbora. Não gosto de torta de abóbora. Eu não queria que os meus livros e tudo o mais que estivesse no meu armário ficassem com esse cheiro.

Abel inclinou a cabeça para trás e olhou para cima.

— A precipitação parece iminente. Que bom que tenho o meu para-águas.

Do que ele estava falando? Descobri depois que "para-águas" era um nome antigo para guarda-chuva. O Abel usa muitas palavras que ninguém nunca ouviu.

Ele me olhou mais de perto e ergueu as sobrancelhas.

— Você está se sentindo bem? Meio abaixo da média? Não tão no seu normal?

— O quê?

— Está doente, sr. Marks?

— Não. Estou bem.

— Esplêndido! — Abel respondeu. — Agora devo partir para o primeiro período. Até mais ver!

Ele estendeu a mão para apertar a minha. Eu não queria aceitar o cumprimento, porque outras crianças nos olhavam, mas acabei aceitando. Assim que a mão dele tocou a minha, a expressão do Abel mudou. Ele parou de sorrir e ficou bem sério.

Inclinando-se para a frente, Abel sussurrou:

— O seu segredo está seguro comigo, sr. Marks.

Então, ele se afastou assobiando. Eu não sabia do que Abel estava falando, pra variar. Aquele era o garoto mais estranho que eu conhecia. E agora eu teria que compartilhar o meu armário com ele.

Mas compartilhar um armário acabou sendo o menor dos meus problemas.

10.
O pior primeiro dia do ensino médio que qualquer um já teve

A primeira aula era de inglês. Eu me sentei perto da Annie. A cadeira era ao lado da janela, o sol finalmente tinha saído um pouco e batia na minha mesa. Assim que me acomodei, me senti queimando.

Será que havia janelas especiais no ensino médio que faziam o sol ficar mais quente por alguma razão? Por que ninguém me contou? Aposto que a Emma sabia, mas não me falou de propósito. Tive que procurar uma cadeira do outro lado da sala que não ficasse no sol.

O nosso professor de inglês, o Sr. Kessler, disse que teríamos que ler cinco livros naquele ano. Eu não estava prestando muita atenção; para qual cadeira eu me mudaria era o que me importava naquele momento. Quando me sentei, ficou escuro e nublado novamente, então nenhuma das cadeiras estava ao sol.

A Annie ergueu a mão.

— Sr. Kessler, eu já li todos esses livros. — Ela puxou da mochila um livro grande e volumoso, que parecia pesar uns dez quilos. — Estou lendo *Moby Dick* agora. Posso continuar lendo este?

— Sim — respondeu o sr. Kessler —, mas você ainda terá que entregar os relatórios sobre os outros.

— Podexá! — ela falou.

Se alguém dizia "Podexá!" para um professor, arranjava problema. A Annie nunca teve problemas. Não sei por quê.

O primeiro livro que teríamos que ler era *Caninos Brancos*. Na capa havia a foto de um cachorro na neve uivando para a lua. Parecia o cão que me mordeu. A mordida no meu tornozelo começou a coçar.

As coisas estavam prestes a ficar mais estranhas.

• • •

A segunda aula foi de ciências. O professor era o sr. Prady. Ele se parecia um pouco com Benjamin Franklin, porque era meio careca, mas tinha cabelo comprido na nuca e usava óculos de aro metálico. O seu cheiro era de quem havia comido cachorro-quente no café da manhã. Ah, que delícia seria devorar um cachorro-quente... *Cinco* cachorros-quentes soavam ainda melhor. Eu continuava faminto.

Abel estava na classe, mas felizmente não se sentou ao meu lado. Resolvi sentar em uma carteira ao lado de uma prateleira onde havia uma cobra em um terrário de vidro e um rato em um tanque. Assim que me acomodei, percebi que os dois estavam olhando pra mim.

O sr. Prady começou a falar sobre os diferentes experimentos que faríamos durante o ano. Cada vez que eu olhava para o rato e a cobra, constatava que eles ainda me olhavam. Isso começou a me assustar.

No final da aula, o sr. Prady alimentou a cobra com o rato. Uma criança chorou, uma riu e outra disse que ia vomitar, mas não vomitou. Fiquei com fome de novo. Tenho que admitir, não fiquei triste quando o rato morreu. Agora apenas a cobra estava olhando para mim. De repente, algo estranho me ocorreu: qual seria o gosto de um rato?

o o o

Felizmente, a seguir veio a hora do recreio. Eu queria *tanto* outro hambúrguer malpassado, mas eles só tinham petiscos. Eram apenas dez minutos de pausa. Mal tive tempo de entrar na fila, comprar alguma coisa e comer. Peguei só um bolinho e engoli. Procurei pela Annie e pelo Zeke, mas não encontrei. Ao ver o Abel, me escondi atrás de um poste, para que ele não me visse.

Ele me viu.

— Ah, sr. Marks! Vejo que escolheu um belo bolo para sua refeição matinal. Espero que seja agradável ao paladar e suficiente para aplacar as velhas dores da fome!

Na maior parte do tempo, eu não entendia lhufas do que o Abel dizia.

Ele levantou as duas travas da pasta e a abriu. Puxou um rolinho embrulhado em um guardanapo de pano.

— Croissant? — ele ofereceu, estendendo-o para mim. — Eu me levantei às seis esta manhã para fazê-los.

Parecia delicioso e tinha um cheiro incrível, mas eu não queria ficar ali e comer com ele. As crianças estavam olhando para o Abel, o que significava que logo estariam olhando pra mim, pra ver com quem o garoto estranho conversava.

— Não, obrigado, Abel. Tenho de ir.

o o o

A terceira aula foi de história. Eu me perdi um pouco ao chegar lá e entrei correndo bem quando o sinal estava tocando. Me sentei na primeira fila, meio sem ar, ao lado do Quente Cachorro.

Ele se inclinou e sussurrou:

— Não me chame de Quente Cachorro, ok?

Sussurrei de volta:

— Tudo bem.

Mas eu não conseguia lembrar qual era o nome verdadeiro dele.

Dexter?

Shane?

Jackson?

Eu não fazia ideia.

Duas garotas da minha antiga escola primária, sentadas no fundo da classe, olhavam para mim. Era melhor ter garotas me olhando do que uma cobra e um rato. Com a mão na frente da boca, elas sussurravam uma para a outra, mas eu podia ouvir bem o que diziam.

— O Tom Marks parece diferente pra você?

— Sim. Parece.

— Diferente bom ou diferente ruim?

A resposta não veio, porque elas pararam de conversar quando a professora, a sra. Troller, começou a falar.

• • •

A quarta aula foi de matemática. A professora era a sra. Heckroth, uma mulher de cabelo comprido preto, muito alta e que nunca sorria.

— Vocês prestarão atenção em todos os momentos — disse ela com voz severa. — Vão chegar no horário, prontos para trabalhar; farão suas tarefas; entregarão sua lição de casa quando for devido; e estarão preparados para os testes. Se colaborarem, esta aula será uma experiência agradável. Do contrário... será o oposto.

Ela puxou um gráfico na frente da sala e depois começou a enrolar de volta. Quando ela o agarrou e cortou o dedo no puxador de metal, quase disse uma das palavras que a vó falou quando gritava com o vizinho. Na ponta do dedo havia uma pequena mancha de sangue.

    Então as coisas ficaram estranhas.

    Eu podia sentir o cheiro de sangue.

    E o mais estranho era que não cheirava mal.

    Tinha um cheiro... bom.

    E então a coisa ficou MUITO estranha.

    De repente, senti muita sede.

11.
Pingos de tinta

A quinta aula foi de artes. Podemos escolher duas de nossas aulas no ensino médio, e eu escolhi artes e canto, porque ambas pareciam fáceis. Eu não estava preocupado com o coral. Quão difícil pode ser cantar com um bando de crianças? Mas no que diz respeito à arte, os meus desenhos parecem os de uma criança do jardim de infância. Eu tinha um plano: o *Plano da Nota Fácil na Aula de Artes*.

No verão passado, a mamãe nos obrigou a ir a um museu de arte. Havia uma pintura gigantesca feita por um cara chamado Jackson Pollock. Não era uma pintura de uma pessoa ou um lugar ou uma coisa. Aquilo dava a impressão de que ele tinha pirado e simplesmente atirado tinta por toda a tela. Havia um vídeo no museu do Pollock pintando, e foi *exatamente* o que ele fez.

A minha mãe disse que o Jackson Pollock era um "artista expressionista abstrato", sei lá o que isso significa, e a pintura valia mais de cem milhões. Então, cheguei à conclusão de que eu poderia fazer uma pintura assim.

Foi aí que tive a ideia do meu Plano da Nota Fácil na Aula de Artes.

O professor de artes, o sr. Baker, era baixo e careca, e tinha um nariz pontudo. Ele meio que parecia um dos anões que trabalham no Banco Gringotes em *Harry Potter*.

— Hoje vamos desenhar autorretratos com um lápis — ele falou.

Eu ergui a mão.

— Sr. Baker, sou um artista expressionista abstrato. Como o Jackson Pollock. Eu não desenho. Apenas solto pingos e jogo a tinta na tela.

Achei que o sr. Baker ficaria impressionado por eu saber o nome de um artista famoso.

— É mesmo? — Uma das suas sobrancelhas se ergueu. — Que interessante...

Eu, com certeza, tiraria um A nessa aula.

Então, o sr. Baker parou de sorrir.

— Hoje, sr. Marks, você vai desenhar um autorretrato com um lápis.

O Plano da Nota Fácil na Aula de Artes não estava funcionando.

o o o

O sr. Baker deu a todos um espelho, um pedaço de papel e um lápis. Eu não tinha ideia do que fazer. Sou um artista expressionista abstrato!

Me olhei no espelho. Estava embaçado e escuro. Talvez eu tivesse alguma doença ocular rara que me impedia de ver direito o meu reflexo. Definitivamente, eu ia precisar de óculos.

Como eu não conseguia me ver, meu autorretrato acabou ainda pior do que deveria ser. A garota sentada ao meu lado ficou olhando para ele e balançando a cabeça. O nome dela era Capri, e era ruiva. E sabia desenhar muito bem. Seu desenho parecia exatamente com ela.

O meu desenho poderia ter o título de *Pior Autorretrato de Todos os Tempos*. O meu rosto parecia uma batata com cabelo no topo. As minhas orelhas eram duas lesmas subindo pela lateral da cabeça. O meu nariz parecia uma bola de boliche, e os meus dentes pareciam teclas de piano.

No final da aula, o sr. Baker analisou o meu desenho por um longo tempo. Achei que fosse me dar um F ou me expulsar da aula.

— É assim que você se vê, sr. Marks? — ele perguntou.

Eu não sabia se devia dizer "sim" ou "não". Ele estava tentando fazer uma piada? Eu finalmente respondi:

— Hã... às vezes.

— Muito original. Gostei muito!

A Capri me olhou feio. O sr. Baker não disse nada sobre o desenho dela.

O sinal tocou. Finalmente era hora do almoço. Eu estava morrendo de fome de novo. Mas havia um grande problema: eu já tinha comido o meu almoço.

○ ○ ○

A cantina era grande e barulhenta. As crianças, sentadas em longas fileiras de mesas, comiam, conversavam e riam, às vezes tudo ao mesmo tempo. A comida tinha um cheiro incrível. Eu disse ao Zeke para me encontrar na porta da frente. Ele entrou, animado como sempre.

— Estou, tipo, tendo o melhor dia de todos! — ele disse. — O ensino médio é incrível!

— Fico feliz que alguém esteja se divertindo —respondi, triste.

O Zeke falou que dividiria o seu almoço comigo, já que comi o meu no ônibus, e entrou na fila para pegar a sua comida. Eu me sentei numa mesa vazia no canto.

— Posso fazer a minha refeição com você, sr. Marks?

Ao levantar a cabeça, deparei com Abel, em seu terno, segurando uma bandeja, com seu guarda-chuva pendurado no braço. Olhei em volta. Algumas crianças estavam olhando para o Abel e apontando.

— Hã... desculpe, Abel, estou guardando esta mesa para algumas pessoas.

— Sem problemas, farei a minha refeição em outro lugar. — Ele sorriu e seguiu adiante.

Eu me senti um pouco mal por não deixar que ele se sentasse, mas todo o refeitório estaria olhando para nós, e isso não era bom para o Plano do Tom Invisível.

Zeke se aproximou com uma pizza. Eu amo pizza. Se pudesse comer todos os dias, eu comeria.

— Você pode comer metade da minha pizza — o Zeke falou ao se sentar. — Não estou com tanta fome.

A pizza que ele comprou tinha azeitonas, pimentão, linguiça, abacaxi, presunto, bacon e alho. Ele estendeu pra mim a minha metade.

Imediatamente, me senti mal. Era como se eu tivesse pegado gripe em um segundo. Todos os meus músculos doeram. Eu me sentia fraco e com dor de cabeça. Parecia que ia vomitar.

Fiquei em pé.

— Não tô me sentindo bem.

— Sério? — O Zeke inclinou a cabeça para o lado, com a boca cheia de pizza. — Eu me sinto ótimo!

Corri em direção à porta e quase trombei com a Annie.

— Você está bem? — ela me perguntou quando passei correndo.

— Tô ótimo! — respondi, abrindo a porta com tudo e correndo para fora.

Procurei o banheiro mais próximo, mas não encontrei nenhum. Vi uma lata de lixo, mas estava bem ao lado de um bando de crianças. Se tivesse que vomitar e as pessoas me vissem, eu seria chamado de Moleque Vômito, Vomitinho ou Garoto Eca pelo resto da vida. Mas então, depois de respirar fundo, não me sentia mais tão péssimo. Comecei a melhorar aos poucos.

Até que vi o Tanner Gantt sentado sozinho em um canto comendo seu almoço.

12.
O Plano Tanner Gantt

Eu me virei o mais rápido que pude e comecei a caminhar para bem longe do Tanner Gantt. Achei que ele não tinha me visto. Estava quase livre quando...

BLAM!

Algo duro e molhado acertou a minha nuca.

Olhei para o chão e vi uma laranja meio comida. Passei a mão na nuca — melada e grudenta. Ouvi algumas crianças rindo.

O Tanner Gantt sorriu e acenou pra mim.

— Me desculpa mesmo, Tommy Ferrando. Eu tentei acertar o lixo!

Não havia nenhuma lata de lixo perto de mim.

o o o

Decidi, naquele momento, que se a Annie e eu nos casássemos, abríssemos o nosso negócio e ficássemos ricos, a primeira coisa que faríamos seria contratar alguém para jogar comida no Tanner Gantt todos os dias pelo resto da vida dele.

Todos os dias seria jogado no Tanner um tipo diferente de comida: sanduíche de manteiga de amendoim com muita geleia pegajosa; torta de chocolate com bastante chantili; nachos com uma tonelada de queijo. A pessoa que a Annie e eu contrataríamos seguiria o Tanner Gantt até quando ele saísse de férias.

Se o Tanner estivesse na Disney, tirando uma foto, seria acertado com um hambúrguer.

Se estivesse no Havaí pegando uma onda, o nosso agente o acertaria com um pãozinho pegajoso de canela.

Se ele estivesse na Suíça, esquiando montanha abaixo, seria acertado com um sundae com calda de chocolate quente.

E em Nova York — BAM! —, panquecas com calda.

— QUEM É QUE CONTINUA JOGANDO COMIDA EM MIM?! — ele gritaria.

A pessoa que jogaria comida nele seria incrivelmente boa em se esconder, então ela nunca seria vista.

— PARE DE JOGAR COMIDA EM MIM! — O Tanner gritaria com toda a força.

Mas a pessoa nunca pararia.

Mesmo que o Tanner Gantt se casasse, o que duvido muito que algum dia acontecesse, a menos que encontrasse uma garota que também fosse uma valentona, o nosso agente atiraria comida nele no seu casamento. Ele estaria lá, prestes a dizer "sim", quando receberia um prato gigante de espaguete com almôndegas no meio das costas.

Se o Tanner Gantt vivesse até os cem anos, alguém ainda jogaria comida nele todos os dias.

Eu também gostaria que a pessoa fizesse um vídeo sempre que jogasse algo. Assim, a Annie e eu poderíamos assistir aos vídeos na nossa ilha, na nossa tevê gigante.

Aposto que poderíamos contratar o Zeke para atirar comida no Tanner Gantt. Acho que nem teríamos que pagar, o Zeke faria isso de graça. Ele odeia o Tanner Gantt tanto quanto eu. O Zeke poderia morar na nossa casa de hóspedes.

Encontrei um banheiro e lavei o pescoço. Não tive tempo de comer nada. O sinal tocou e eu precisei ir para a sexta aula: educação física.

Como eu iria correr aquelas quatro voltas ao redor da pista?

o o o

A boa notícia era ter o Zeke comigo nessa aula. A má notícia era a presença do Tanner Gantt. Estávamos no vestiário quando ele me viu, e falou:

— Mal posso esperar até começarmos a jogar futebol, Tommy Ferrando. Eu vou esmagar você como uma lata de refrigerante.

Era muito esquisito trocar de roupa na frente de toda aquela gente. Incrível como existem tantos tipos diferentes de corpos.

Eu pratiquei, durante o verão, tirar as roupas comuns e colocar as de ginástica o mais rápido possível. O meu recorde foi de doze segundos e quatro milésimos.

Também temos que usar um suporte atlético, que é a peça íntima mais desconfortável já inventada.

Um garoto me disse que tem uma inspeção surpresa para o treinador ver se estamos mesmo usando.

Pensei em dar início a um abaixo-assinado para proibir os suportes atléticos.

○ ○ ○

— Muito bem, senhoras e senhores, vamos correr quatro voltas hoje — disse o treinador Tinoco quando nos alinhamos do lado de fora da pista. O treinador Tinoco parecia o Hulk; só faltava ser verde.

Felizmente, o dia ainda estava cinza e nublado, então pelo menos eu não ficaria com calor e suado. E esperava que começasse a chover para que não tivéssemos que correr todas as quatro voltas estúpidas.

— Preparar! Apontar! Vão! — gritou o treinador.

O pessoal mais rápido saiu correndo na frente de todos para se exibir. Eu corria ao lado do Zeke, conversando com ele. A primeira volta não foi tão ruim.

— Odeio o suporte atlético — falei.

— Jura? — O Zeke se mostrou surpreso. — Estou usando o meu há uma semana, para me acostumar. É incrível!

O treinador gritou conosco:

— Vocês dois, acelerem, ou terão que correr cinco voltas!

Acelerei. Foi estranho. Eu não estava nem um pouco cansado. Comecei a passar as pessoas. Passei pelo Tanner Gantt, que ficou muito bravo. Ele tentou correr mais rápido e me ultrapassar, mas não conseguiu.

Até ultrapassei o Jason Gruber, o corredor mais rápido da escola no ano passado. Ele me olhou feio. Logo eu estava na última volta, bem à frente de todos. O treinador Tinoco me observava. Eu não conseguia acreditar. Eu seria uma estrela do atletismo! Poderia estar nas Olimpíadas, ganharia uma medalha de ouro, estaria na tevê, seria famoso e receberia milhões. A Annie não teria de achar um jeito de ficarmos ricos.

Então as nuvens se separaram e saiu um pouco de luz do sol. De repente, fiquei cansado. Comecei a desacelerar. O Jason Gruber me ultrapassou, com um grande sorriso no rosto.

Eu mal conseguia mover as pernas. Tinha sido uma estrela olímpica, e agora chegaria em último lugar, bufando e arfando. E também sentia um calor absurdo, como se estivesse queimando.

Ao passar por mim, o Tanner Gantt zombou:

— Você não é de nada, Tommy Ferrando!

Até o Zeke me passou.

E então eu desmaiei.

Jamais desmaie no ensino médio.

o o o

Acordei no escritório do treinador Tinoco. Ele devia ter me carregado para dentro. Acho que pensou que eu tinha morrido ou algo assim e que enfrentaria problemas. A enfermeira da escola desceu e mediu a minha temperatura. Eu esperava que ela me mandasse para casa, mas não tive essa sorte.

— Acho melhor você me dar alta — sugeri, tentando parecer doente.

— O que você comeu hoje? — ela quis saber.

— Eu não almocei — respondi, mas sem contar o porquê. — Você pode ligar pra minha mãe e ela vem me buscar.

— Primeiro, vamos colocar um pouco de comida dentro de você. — E ela pediu ao refeitório que mandasse um sanduíche de carne com molho de churrasco e um pouco de leite.

Eu me senti melhor depois de comer.

Pelo resto do dia, sempre que o Tanner Gantt me via, colocava as costas da mão na testa e dizia com voz estridente: "Oh, não! Vou desmaiar!", e caía no chão. Ele fez isso sete vezes.

E também começou a me chamar de Faniquito.

Era maravilhoso saber que o dia estava quase acabando.

Mas mais uma coisa horrível tinha que acontecer.

13.
Uivo

Quando saí da sala do treinador, o dia estava escuro e nublado de novo, e então começou a chover. Eu caminhava em direção à sétima aula quando o Abel surgiu de repente, do nada, segurando o seu guarda-chuva.

— Sr. Marks, posso oferecer-lhe alguma proteção contra o dilúvio?

Chovia muito forte, e eu estava ficando bem molhado, mas não queria ir para a aula de canto com o Abel, em seu terno, sob o guarda-chuva.

— Não, obrigado, Abel. É que eu... hã... gosto de andar na chuva.

Eu odeio andar na chuva.

Ele sorriu e foi embora.

A aula de canto era a última do dia, e começou um milhão de vezes melhor do que as outras. Eu me sentei bem atrás da Annie. O professor, o sr. Stockdale, tinha uma grande barba e usava óculos legais. Decidi que se eu tivesse que usar óculos, seriam como os dele.

— Muito bem, cantores! — Ele bateu palmas. — Eu quero ouvir o que vocês sabem!

Alguns resmungaram.

Tenho que admitir, a minha voz é muito boa. Acho que herdei da vó. Cantar talvez seja a única coisa em que sou bom. A Annie olhou em volta e sorriu para mim depois de cantarmos o primeiro verso. O dia não seria um desastre completo.

Foi quando aconteceu.

Eu não deveria ter feito aquilo, mas fiz.

A parte do refrão estava chegando, e eu decidi cantar bem alto para impressionar a Annie. Imaginei que se fizesse isso, depois da aula, ela diria: "Tom, você tem uma voz incrível! Quer fazer a lição na minha casa depois da escola, hoje? E almoçar juntos amanhã? E ir a encontros no colégio e para a mesma faculdade, juntos, e casar e começar um negócio que eu idealizarei (já que você não é mais uma estrela olímpica) e morar em uma ilha e contratar alguém para jogar comida no Tanner Gantt todos os dias pelo resto de vida dele?"

Respirei fundo. Abri a boca para cantar, e em vez disso...

Eu uivei. Eu definitivamente e literalmente uivei.

○ ○ ○

O sr. Stockdale parou de reger e olhou para mim. Achei que ele fosse jogar o seu bastão bem no meu olho. Todas as crianças se voltaram na minha direção e riram. E não era o tipo de risada de quando acham que você está tentando ser engraçado.

A Annie me lançou um olhar tipo "Nunca vou fazer nenhuma daquelas coisas que você esperava que fizéssemos juntos".

— Isso era para ser engraçado... — O sr. Stockdale olhou para a sua lista de assentos para ver o meu nome. — Sr. Marks?

— Não, sr. Stockdale.

— Esta é a aula do coral. Nós cantamos. Não uivamos. Você sabe a diferença entre cantar e uivar?

— Sim — afirmei, olhando para os meus pés.

— Ótimo. Se você fizer isso de novo, estará fora da minha aula.

○ ○ ○

Quando o Zeke e eu tínhamos uns cinco anos, tentamos fazer uma máquina do tempo usando um relógio, um aspirador de pó e uns Legos. Lógico que não funcionou. Mas se alguém *tivesse* inventado uma máquina do tempo, eu teria entrado nela naquele momento. E iria adiante, para o futuro, para o último segundo da última aula, no último dia do oitavo ano, logo que tocasse o sinal, e estaria tudo acabado.

Ou, melhor do que isso, eu teria retrocedido no tempo, para quando estava na quarta série, quando a sra. Pippin era minha professora. Ela foi a maior professora de todos os tempos. Talvez eu pudesse ter ficado lá. Foi o melhor ano de todos, a não ser pelo Tanner Gantt. Se existissem mesmo máquinas do tempo, aposto que ninguém viveria no presente.

o o o

Após a aula de canto, tudo o que eu queria era chegar em casa o mais rápido possível e convencer os meus pais a nos mudarmos para uma cidade diferente, para que eu fosse para uma outra escola. Uma que Tanner Gantt não estivesse. Eu poderia começar tudo de novo.

Mas isso não aconteceu.

Primeiro, tive que ir ao meu armário para pegar alguns livros pra fazer o dever de casa. Girei o botão da fechadura. 54-72-76.

O armário não abriu.

Qual era a combinação? Tentei 74-54-76. Não funcionou. Eu tinha esquecido a combinação. E não tinha escrito na sola do tênis de manhã, porque me distraí ao ver o Abel colocando as SUAS porcarias no que deveria ser o MEU armário.

Agora eu teria de encontrar o zelador mal-humorado para abri-lo. Eu realmente precisarei pagar? Estava indo à secretaria para perguntar onde encontrar o zelador, quando o vi, limpando uma lata de lixo que havia tombado. Aposto que o Tanner Gantt fez aquilo. O zelador era baixo e tinha cabelo muito comprido. Ele parecia muito mal-humorado. Mas eu precisava pegar os meus livros.

Limpei a garganta e disse:

— Com licença, senhor?

— O que você quer? — ele resmungou enquanto se virava.

Acho que não abriria o meu armário nem por um milhão.

— Hã, eu preciso...

— Não me diga que você esqueceu a combinação do armário e quer que eu abra. Tive que abrir seis armários para seis crianças hoje! Qual a dificuldade em lembrar três números?

Só então vi o Abel do outro lado do pátio, caminhando para o nosso armário. Pela primeira vez na vida, fiquei feliz em vê-lo. Eu sorri para o zelador.

— Não, senhor, não esqueci a minha combinação. Só queria dizer que está fazendo um ótimo trabalho. A escola parece muito limpa. As pessoas não enxergam o quanto os zeladores trabalham duro. O senhor deveria receber um aumento.

O zelador olhou para mim com uma expressão surpresa. Então, sorriu.

— Obrigado, garoto.

Corri até o Abel e o observei girar o botão para ver qual era a combinação.

76-54-72.

— O primeiro dia do ensino médio terminou — comentou o Abel enquanto pegava alguns livros. — Um já foi, faltam cento e setenta e nove.

Mais cento e setenta e nove dias disso?! Não vou aguentar.

O Abel apertou minha mão novamente.

— Tenha uma noite esplêndida. Vejo você amanhã, com uma surpresa. — Ele colocou os livros na pasta e saiu andando.

Fiquei um pouco tenso: qual seria a surpresa? Anotei a combinação na sola do tênis com uma caneta e coloquei quatro livros na mochila. Eles não pesavam dez quilos cada, como a Emma disse que pesariam.

Eu não queria pegar o ônibus para casa. Sabia que o Tanner Gantt estaria lá e fingiria desmaiar de novo e me chamaria de Faniquito. A Annie estaria ali também, e eu não queria vê-la depois do que aconteceu na aula de canto.

Finalmente, o Pior e Mais Estranho Primeiro Dia de Ensino Médio de Todos os Tempos tinha acabado.

O Plano do Tom Invisível não deu nem um pouco certo. Agora eu só precisava voltar para casa.

o o o

O Zeke estava parado perto do ônibus, procurando por mim. Ele quase me viu, mas eu entrei na biblioteca. Esperava que a Annie não estivesse lá. Ela adora bibliotecas. Havia apenas algumas crianças ali dentro, algumas lendo livros, outras fazendo lição de casa, e algumas usando os computadores. Decidi ficar na biblioteca até o ônibus sair e depois voltar a pé para casa.

Havia cartazes na parede, cujo objetivo era despertar nas crianças a vontade de ler. O primeiro pôster trazia a foto de um vampiro, de capa preta, lendo o livro *Drácula*. Dizia: "Ler não é chato!" O vampiro tinha duas presas manchadas de sangue. Eu esperava que os meus dois dentes não ficassem tão grandes e pontiagudos quanto aqueles.

O próximo pôster dizia: "Lobisomens de verdade leem!" Nele, um lobisomem sentado em uma grande poltrona perto

LER NÃO É CHATO!

da lareira, vestindo um robe, calçando chinelos e de óculos, segurava uma xícara de chá e lia um livro chamado *Os Lobos Nunca Choram*. Por que ele estava de robe e chinelos? Um lobisomem realmente beberia chá? Aquele pôster me incomodou.

Examinei melhor a imagem, e pela primeira vez me ocorreu: e se um *lobo* tivesse me mordido, e não um cachorro? Seria preciso tomar vacinas extras contra a raiva?

LOBISOMENS DE VERDADE LEEM!

O último pôster era de um zumbi lendo um livro. E tinha a frase: "Quer cérebro? Leia um livro!" O zumbi estava lendo o livro *A sangue frio*. Esse pôster não me incomodou. Na verdade, ele me deu uma ideia.

    Sentei-me diante de um dos computadores e pesquisei "Circo de Esquisitices", o nome no *trailer* no posto de gasolina assustador. Encontrei uma foto do Velho do Charuto Fedorento parado perto do *trailer* de zumbis, ao lado de uma placa que dizia: "Nada de foto ou vídeo aí dentro!" Embaixo da foto havia um link para um vídeo no YouTube. Cliquei nele. Alguém devia ter escondido o celular ao entrar no *trailer* para filmar.
    O vídeo estava escuro, mas dava para ver o boneco zumbi na sua cadeira. Ele se inclinou para a frente, como quando eu entrei. Mas não parecia um boneco. Ele parecia uma pessoa real.

14.

Um novo plano com um nome ruim

Na volta pra casa, fui o tempo todo pensando em todas as coisas estranhas dos últimos dois dias. Decidi que precisava descobrir o que estava acontecendo. Assim, bolei um novo plano.

Eu sei que é um nome idiota, mas não tive tempo de pensar em um melhor.

Quando cheguei em casa, a mamãe estava parada bem na porta da frente,

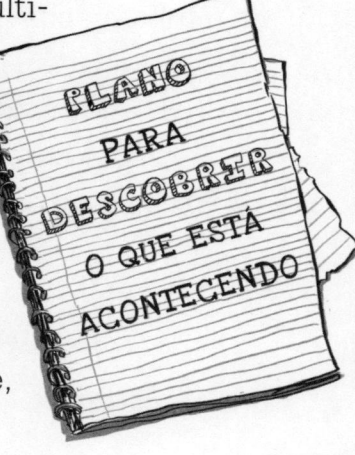

PLANO PARA DESCOBRIR O QUE ESTÁ ACONTECENDO

toda animada. Ela segurava uma bengala velha que tinha uma cabeça de animal. A minha mãe vende na internet umas antiguidades e outras velharias que encontra em lojas de bugigangas. Ela guarda tudo na nossa garagem. O Zeke adora entrar lá, e leva uma eternidade para tirá-lo dali, porque ele quer pegar tudo.

— E então? Como foi o grande dia? — A mamãe me deu um abraço.

— Ótimo — menti. Não queria lhe contar sobre as coisas ruins que aconteceram na escola.

— Como você se saiu na chuva? — Ela sorriu. — Uma mulher sábia não disse para levar um guarda-chuva para a escola? — Assim como a vó, a mamãe me lançou aquele olhar de "eu te avisei".

— Fiquei bem, mãe. Um garoto me deixou dividir o seu guarda-chuva.

— Que bom! É um novo amigo?

— Não.

Depois de responder a mais um milhão de perguntas, fui até a cozinha, peguei cinco barras de cereal e coloquei na minha mochila.

— Vou até a casa do Zeke para fazer o dever de casa! — gritei enquanto me dirigia para a porta dos fundos.

— Está bem! — a mamãe gritou de volta. — Esteja em casa antes de escurecer! O jantar é às seis!

— O que vamos comer?

— Bife!

— Oba! Quero o meu malpassado.

— Malpassado? Achei que gostasse da carne ao ponto.

— Não mais! — Corri para fora e pulei na minha bicicleta.

Mas eu não ia até o Zeke.

Eu ia até aquele posto de gasolina sinistro.

o o o

Demorei quase meia hora para chegar à estrada pela qual a vó e eu tínhamos passado. Pedalei muito rápido o tempo todo e não cansei nem um pouco. Comi as cinco barras pelo caminho. Elas devem ter me mantido com energia. Enfim, cheguei até a saída. Desci a estrada de terra e subi a pequena colina.

O posto de gasolina não existia mais.

15.
Impossível

O posto havia pegado fogo. A construção principal desapareceu e só tinha sobrado a porta da frente. As paredes de cimento do banheiro ainda estavam de pé, mas o telhado queimou e desabou. Dava pra ver fitas da polícia por todos os lados, e o lugar estava deserto.

Era ainda mais bizarro e assustador que antes.

Aposto que o Velho do Charuto Fedorento estava fumando enquanto alguém abastecia e o lugar todo explodiu, exatamente como a vó disse. O *trailer* com o boneco zumbi continuava lá, mas todo queimado. A porta estava aberta. Fui dar uma olhada lá dentro.

Vi a cadeira, mas o boneco zumbi havia sumido.

Ao olhar para o chão, vi pegadas saindo da cadeira até a porta.

— Ei! Saia daí!

Eu me virei na direção do grito. Era uma mulher com um colete laranja e um capacete amarelo. Pulei de volta na bicicleta e me mandei dali.

No caminho para casa, fui pensando: ou alguém tirou o boneco zumbi do *trailer*, provavelmente o Velho do Charuto Fedorento, ou talvez...

Eu não queria nem imaginar a outra explicação.

o o o

Cheguei em casa, e o papai, a mamãe e eu jantamos. A Emma estava na casa da Pari fazendo o dever de casa. Ou pelo menos foi o que ela disse à mamãe que faria.

Falei do meu dia para o papai, entre mordidas no bife incrivelmente delicioso e malpassado, e então a vó ligou. Levei o telefone para a sala, para que a mamãe e o papai não ouvissem. Contei a ela um pouco das coisas ruins que aconteceram na escola, mas não das estranhas.

— Lamento ouvir isso, Tommy. Bem, não vou mentir, haverá dias bons e dias ruins por toda a sua vida. Como lidar com eles é com você. Mas lembre-se, amanhã é um novo dia. Acho que vai ser melhor. Agora, preciso desligar. Estou indo para uma reunião sobre aquela nova estrada que estão querendo construir perto do lago. Só se for sobre o meu cadáver! Ligue a qualquer hora, querido. Estou em funcionamento vinte e quatro horas por dia, se você precisar de mim. Durma bem e não deixe os percevejos te picarem!

— Boa noite, vó.

Eu ia desligando quando a ouvi dizer:

— Ah, espere! Quase esqueci. Adivinha o que vi parado na janela do seu quarto aqui, esta noite.

Eu não tinha certeza se queria saber.

— O quê? — perguntei mesmo assim.

— Um morcego... Aposto que foi o mesmo que te mordeu. Deve ter voltado para outra degustação.

Eu dei uma risada falsa.

— É isso aí... Hã, eu tenho que fazer o dever de casa agora, vó. Tchau.

Subi para o meu quarto, atordoado. Fechei a porta e me sentei na cama. Eu não conseguia acreditar no que estava pensando.

113

Era loucura.

Era inacreditável.

Não fazia sentido.

E era impossível.

Mas... explicava tudo.

Eu não tinha sido mordido por um morcego normal, nem por um cachorro, e não havia cortado a mão em um boneco de zumbi.

Eu tinha sido mordido por...

Um morcego *vampiro*.

Um *lobisomem*.

Um *zumbi* de verdade.

Então, desmaiei pela segunda vez naquele dia.

16.
O que eu sou?

Acordei no chão. Por um segundo, pensei: "Tudo bem. Aquilo foi só um sonho. Um sonho muito, muito louco, longo e super-realista que durou dois dias.

Então, toquei a mordida no pescoço, olhei para a mordida no tornozelo e depois o corte na minha mão.

Não tinha sido um sonho.

Era tudo real.

Isso explicava todas as coisas malucas que vinham acontecendo.

Era por isso que eu sentia fome o tempo todo.

Era por isso que o hambúrguer malpassado e o bife malpassado eram tão saborosos.

Por isso eu não conseguia me ver nos espelhos.

Por isso eu estava tão pálido.

Por isso os meus olhos se mostravam vermelhos e lacrimejantes.

Por isso o Muffin rosnara pra mim.

Por isso a luz do sol entrando pela janela na sala me causou dor.

Por isso o sangue da sra. Heckroth tinha um cheiro tão bom.

Por isso o alho na pizza do Zeke me deixou doente.

Por isso eu podia correr tão rápido na educação física.

Por isso que, quando o sol saiu, fiquei péssimo, fraco, e desmaiei.

Por isso eu uivei no coral.

Por isso eu podia pedalar a minha bicicleta naquela velocidade absurda.

Eu era um vampiro... um lobisomem... e um zumbi.

Todos os três. Eu era um vira-lata. Como o Muffin.

Então, o que exatamente eu era?

Um valozu?

Um zumbisopiro?

Um lopirozum?

Eu não tinha um *Plano para o Caso de Eu Me Transformar em um Vampiro-Lobisomem-Zumbi*.

• • •

Era oficial. Eu era a criança de onze anos mais azarada na história das crianças de onze anos. Só havia uma coisa a fazer.

Liguei pro Zeke e contei tudo.

Houve uma longa pausa, e então ele disse:

— INCRÍVEL!

Ele acreditou totalmente em mim. Eu sabia que ele iria acreditar.

— Tonzão, estou a caminho! Vejo você em seis minutos!

Seis minutos depois, ouvi a campainha tocar. Pude sentir o cheiro do Zeke assim que mamãe abriu a porta. Ele comeu tacos no jantar. Eu tinha explicado ao Zeke que dissera à minha mãe que já havíamos estudado naquele dia na casa dele, porque precisava de uma desculpa para ir ao posto de gasolina. O Zeke meio que ficou bravo porque eu fui para o posto de gasolina sem ele, mas o Zeke nunca fica bravo por muito tempo.

Eu o ouvi lá embaixo dizendo:

— Oi, sra. Marks! O Tom e eu vamos estudar um pouco mais. Queremos tirar apenas A em todas as nossas matérias este ano!

O Zeke é tão ruim em inventar histórias... Agora a mamãe vai esperar que eu tire nota máxima.

Ouvi o Zeke subir as escadas correndo e caminhar pelo corredor. Ele abriu a minha porta, começou a entrar... e então parou.

— Que foi? — perguntei. — Entre aqui e tranque a porta!

Ele parecia um pouco preocupado.

— Você vai... me morder?

— Não!

— Tem certeza?

— Tenho!

Mas o Zeke não entrou.

— Você vai tentar sugar o meu sangue?

— Não! Eca! Isso é nojento! Entre aqui!

O Zeke permaneceu onde estava.

— Vai tentar me comer?

— NÃO!

Ele encolheu os ombros.

— Apenas checando... — O Zeke entrou e fechou a porta.

Nunca tinha visto ele tão animado. Só faltava pular de empolgação.

— Sossegue — falei, bem sério. — Certo, Zeke, me escute. A coisa mais importante: Você não pode contar a NINGUÉM sobre isso. Você tem que jurar.

O Zeke ergueu a mão e discursou:

— Eu juro que não direi a ninguém, mesmo que me torturem, que o meu melhor amigo, Tom Marks, também conhecido como Tonzão, é um vampiro... e um lobisomem... e um zumbi!

O Zeke começou a dançar pela sala.

— Tonzão, essa é a coisa mais incrível de todos os tempos! Isso é tão legal!!!

— Você é louco? Isso é horrível! Horrível! É muito pior que tudo!

O Zeke me olhou, confuso.

— Pior?

— Sim! Eu não quero ser um vampiro e um lobisomem e um zumbi!

— Não quer? Eu AMARIA ser um vampiro e um lobisomem e um... Ei! Posso te chamar de vambizomem?

— Não!

Sem dúvida ele ficou desapontado. Mas o Zeke sempre se recuperava rápido.

— Tonzão, eu quase esqueci! — O Zeke enfiou a mão no bolso, tirou um pedaço de papel e me entregou. — Você tem que se lembrar de algumas coisas importantes. Fiz uma lista no caminho. Tenha no bolso o tempo todo.

Eu olhei para a lista.

> 1. Ficar longe do **SOL!**
> 2. Não deixar ninguém enfiar uma estaca de madeira no seu coração.
> 3. Não deixar ninguém atirar em você com uma bala de prata.
> 4. Não deixar ninguém **CORTAR** a sua cabeça.
> 5. Não deixar ninguém enfiar algo afiado no seu cérebro.

— Hã, obrigado, Zeke. — Pus a lista no meu bolso. — O que vou fazer agora?

O Zeke ergueu o braço direito e apontou o dedo para o alto.

— Vamos ver na internet!

17.
Privilégios de lobisomem

Havia um milhão de sites sobre vampiros, lobisomens e zumbis. O Zeke, sentado diante do meu computador, percorria uma grande lista. Ele adora filmes de terror ainda mais do que a minha avó, e sabe muito sobre monstros.

Eu andava de um lado pro outro.

— Posso me transformar de volta, Zeke? Existe uma cura? Ou um ritual que se possa fazer? Ou uma poção que a pessoa possa beber?

O Zeke balançou a cabeça.

— Não. Depois de se transformar, você fica assim.

— Que ótimo... — gemi.

O Zeke se virou na cadeira para me encarar.

— Mas, Tonzão, pense em todas as coisas legais que você pode fazer agora!

— Como o quê? Beber sangue? Uivar para a lua? Comer gente?

— Você tem poderes incríveis... Bem, zumbis não têm poderes, mas é muito difícil matá-los. — O Zeke voltou para o computador e começou a ler em voz alta: — "Lobisomens possuem grande velocidade e podem viajar longas distâncias sem se cansar. Alguns conseguem atingir velocidades de até noventa e cinco quilômetros por hora". — Ele se virou e me olhou. — Tonzão! Você tem que entrar para o time de atletismo!

— Está se esquecendo do sol, Zeke. Eu só poderia correr dentro de um ginásio ou à noite.

— Ah, sim... — disse ele, todo desapontado. — Espera! Isso vai ser legal! Você será chamado de... O Cara Que Corre à Noite!

O Zeke não dá nomes muito bons para as coisas. Ele voltou ao computador e leu:

— "Lobisomens são cinco vezes mais fortes do que humanos." Tonzão, erga a sua cama!

— Sem chance de eu fazer isso.

— Aposto que você consegue!

Então, eu me abaixei e coloquei as mãos embaixo da minha cama. E a levantei, acima da minha cabeça, tão fácil como se fosse um travesseiro.

— Incrível!

Houve uma batida na porta, e a minha mãe falou conosco, sem abrir:

— Ei, pessoal! Como tá indo o estudo?

Eu congelei.

— Hã... tudo ótimo, mãe — respondi, ainda segurando a cama.

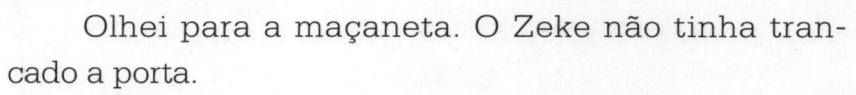

Olhei para a maçaneta. O Zeke não tinha trancado a porta.

— O que vocês estão estudando? — ela quis saber.

— Lobisomens — disse o Zeke.

Que vontade de matá-lo!

— Lobisomens? — A voz dela soou desconfiada.

— Isso. Estamos fazendo um relatório sobre lobisomens. A história, as lendas. Ei, sra. Marks, a senhora sabia que um lobisomem pode correr a noventa e cinco quilômetros por hora e...

Eu olhei para Zeke e sussurrei:

— Cala a boca!

— Que professor pediu isso? — a mamãe perguntou.

— De inglês. — Zeke deu de ombros.

Achei que a mamãe fosse abrir a porta a qualquer segundo.

— É melhor voltarmos a estudar, mãe.

— Tudo bem — ela concordou comigo.

Nós a ouvimos se afastar pelo corredor.

Coloquei a minha cama no chão e olhei pro Zeke.

— Estamos estudando lobisomens?

Ele deu de ombros de novo.

— Foi a primeira coisa que pensei. Sabe, tive uma ideia incrível! Já que você é forte agora, pode bater no Tanner Gantt!

Essa era uma ideia interessante. Eu não tinha pensado nisso. O Tanner merecia muito uma surra. Mas eu nunca tinha batido em alguém. Como seria isso?

Zeke continuou lendo no computador:

— "Lobisomens também possuem um olfato extraordinário."

— Eu sei. Estive sentindo cheiros de várias coisas o dia todo. Ei! Por que não me transformei em um lobisomem? Por que não fiquei peludo em todos os lugares?

O Zeke fez sua cara de "Estou pensando". É exatamente igual à sua cara de "Estou totalmente confuso", então nunca dá pra saber o que ele vai dizer.

— Talvez porque você seja apenas um terço lobisomem, um terço vampiro e um terço zumbi. E não é lua cheia esta noite?

— Espere um minuto — interrompi. — Não era lua cheia duas noites atrás quando fui mordido por aquele lobisomem.

O Zeke continuou lendo:

— "Alguns lobisomens são conhecidos por mudar de forma, e podem se transformar em lobo a qualquer hora; outros só se transformam na lua cheia, e algumas espécies raras são lobos permanentemente.

Eu estava feliz por não ser um lobo o tempo todo.

— Lobisomens têm visão noturna! — gritou o Zeke ao pular do computador e correr até a janela para abrir as cortinas. — Veja se funciona!

Olhei para a rua. Era noite, e eu podia ver as casas claramente, mas era tudo preto e branco. Era como quando as pessoas usam óculos de visão noturna.

Eu vi um dos nossos vizinhos, o professor Beiersdorfer, que mora do outro lado da rua, no seu quintal, cavando um buraco. Ele é um velho cientista aposentado. Por que será que estava cavando um buraco à noite no seu quintal? Sei lá, mas ele faz coisas estranhas como essa.

Vi a sra. Korkis, nossa vizinha, passeando com o cachorro, que fazia cocô. É um cão gigante, então era um cocô gigante realmente nojento.

Até aquele momento, a minha visão noturna não tinha sido tão boa.

Olhei para a rua. Uma parte estava escura porque uma das luzes estava apagada, e eu pude ver dois adolescentes, dentro de um carro estacionado, se beijando. Eles se separaram para respirar.

A garota era a Emma.

Eu não queria ver aquilo. Ela estava beijando um cara chamado Lucas Barrington, o que era completamente insano. O Lucas cortava a nossa grama na época em que eles estavam no oitavo ano. Era um cara alto e magro com cabelo vermelho, e sempre usava uma camiseta laranja e um chapéu verde. A Emma o chamava de Garoto Cenoura.

Ela costumava observá-lo da janela da sala de estar e dizer: "Gente, esse é, tipo, o cara de aparência mais bizarra que eu já vi. Ele parece uma cenoura. Sério. E é tão magro, e olha o cabelo dele. É tão bagunçado, cacheado e nojento..."

Eu tive que concordar com ela, pela primeira vez na vida. O Lucas nunca seria uma estrela de cinema. Mas pelo visto a Emma mudou de ideia.

— O que você vê? — perguntou o Zeke, ao meu lado.

— Você não vai acreditar. A Emma está em um carro beijando o Lucas Barrington.

— O quê? Não é possível! — O Zeke ficou chateado. Ele gosta da Emma e a acha bonita. Garoto pirado...

O Lucas baixou a janela do carro porque os vidros ficaram embaçados. Eu abri a minha vidraça para tentar ouvir o que diziam, da mesma forma que ouvi aquelas garotas na última fila da aula de história falando de mim. Ao me inclinar pra fora, pude ouvi-los conversando:

— Eu gosto de você de verdade, Emma.
— Eu gosto muito de você, Lucas.
— Não achei que você gostasse de mim.
— Também não pensei que você gostasse de mim.
— Gosto do seu cabelo. É tão preto.
— Gosto do seu. É tão crespo.
— Gosto dos seus olhos.
— Eu gosto dos seus olhos também.
— Você tem um sorriso incrível.
— Eu usava aparelho.
— Eu também.
— O aparelho é uma droga.
— É mesmo.

Essa foi a conversa mais chata de todos os tempos.

— O que estão dizendo? — o Zeke quis saber.

— Coisas ridículas. — E fechei a janela. — Então, o que os vampiros podem fazer?

O Zeke voltou ao computador e leu:

— "Vampiros não envelhecem."

— O quê?! — Entrei em pânico. — Eu sempre terei onze anos? A minha vida inteira? Mas... eu nunca vou tirar carteira de motorista!

Zeke concordou, tristemente.

— E você não poderá ir a um filme para maiores, saltar de paraquedas, comprar fogos de artifício, bilhete de loteria, jogar num cassino, votar, fazer uma tatuagem ou pôr um *piercing*.

Às vezes, o Zeke me surpreende com o tanto que ele sabe.

— Não quero ser criança para sempre!

— O meu pai diz que gostaria de ter sido criança para sempre. — Zeke sorriu.

Fiz que sim com a cabeça.

— É, os adultos costumam dizer isso. Mas só porque eles esquecem como é difícil ser criança.

Me sentei na beira da cama. A Annie nunca seria minha namorada se eu ficasse com onze anos para o resto da vida.

Isso significava nada de mansão. Nada de ilha particular. E ninguém pra jogar comida no Tanner Gantt.

— Espere um minuto, Tonzão. Aqui diz que você ainda vai fazer dezoito anos e ficar mais velho.

— Eu vou?

— Definitivamente.

Essa era uma boa notícia. Eu me senti muito melhor. Mas então Zeke completou:

— Você só não vai parecer velho. Sempre terá cara de onze anos.

— O quê?! Eu não quero ter cara de menino pra sempre!

Foi quando me dei conta de que não importava a minha aparência ou quantos anos eu tinha. A Annie nunca iria a um encontro, se casaria ou mesmo sairia com um vampiro-lobisomem-zumbi. Deitei na cama e olhei pro teto.

A minha vida era uma droga.

O Zeke continuou lendo no computador:

— "Alguns vampiros vivem trezentos ou quatrocentos anos." Tonzão! Pense em quantos presentes de aniversário e de Natal você receberá!

Eu não dava a mínima.

— Agora, sério. — O Zeke balançou a cabeça. — Você tem pelo menos um problema.

— *Um* problema? Eu tenho um milhão de problemas!

— Estou falando sobre sangue. Você já pensou em como vai conseguir sangue?

— Não. Só descobri que era vampiro meia hora atrás!

— Talvez vendam sangue na Amazon.

O Zeke é maluco.

— Não se vende sangue na Amazon, Zeke!

Ele começou a digitar.

— Os caras vendem de tudo! O meu pai diz que é possível conseguir qualquer coisa na Amazon. Certa vez, ele comprou duas baratas. Veja! Eles têm! Balde de sangue! Eu tinha razão!

Olhei para a tela e vi a imagem de um grande balde de plástico vermelho com sangue.

— Zeke, isso é sangue falso para um show ou para o Halloween. Espere, por que o seu pai comprou baratas?

O Zeke pulou da cadeira e olhou para mim como se tivesse acabado de ganhar na loteria.

— Tonzão, temos que subir no seu telhado!

— Por quê? — perguntei, meio preocupado.

— Vampiros podem mudar de forma! Temos que ver se você pode se transformar em um morcego... e voar!

18.
Pisos que rangem

Tivemos que subir no telhado sem que os meus pais soubessem. NUNCA deveríamos ir lá porque era "muito perigoso". O meu pai caiu de um telhado quando tinha sete anos e quebrou a perna. Ou foi o braço? Ou a mão? Ele quebrou um osso. Por isso, vivia nos dizendo: "Nem pense em subir no telhado ou estará em apuros!"

O Zeke e eu descemos o corredor na ponta dos pés e entramos em um armário.

— Eu adoro entrar em armários — ele sussurrou.

Fechamos a porta atrás de nós sem fazer ruído e subimos a escada íngreme e estreita que leva ao sótão, que é um lugar cheio de porcarias que os meus pais não jogam fora, como móveis velhos, roupas que ninguém usa mais, uma bateria que o meu pai costumava tocar e um milhão de caixas.

O Zeke e eu caminhamos com cuidado pelo piso de madeira. O quarto dos meus pais ficava logo abaixo de nós. Eu podia ouvi-los assistindo tevê. Parecia que cada passo que dávamos produzia um rangido. Se os meus pais nos ouvissem, teríamos que inventar um bom motivo para estar lá.

Tinha quase alcançado a janela que poderíamos abrir para rastejar para o telhado, quando o Zeke derrubou uma caixa. A caixa caiu com um grande baque, e congelamos.

Eu podia ouvir as vozes abafadas da mamãe e do papai abaixo.

— O que foi isso? — perguntou o papai, todo desconfiado.

— Nada — a mamãe respondeu. — Fica quieto, estou tentando ver esse programa.

— Parecia que tinha alguém no sótão.

— Shhh!

— O Tom e o Zeke estão lá em cima?

— Não. Eles estão no quarto do Tom estudando sobre lobisomens.

— Lobisomens? — O meu pai ficou animado. — Eu amo lobisomens. Devo ir lá e ajudá-los?

— Não! — A mamãe aumentou o volume da tevê.

Eu me abaixei para colocar a caixa de volta no lugar, arrastei o Zeke até a janela e rastejamos para o telhado.

— Tonzão — ele sussurrou —, olha aí o seu helicóptero!

Era o helicóptero de controle remoto que ganhei no Natal passado. A Emma tinha pousado ele nas telhas (de propósito!), e o papai não quis pegar pra mim por causa da sua regra de Ninguém Nunca Deve Ir Ao Telhado. O Zeke pegou, mas pedi pra deixar lá, porque se o papai visse no meu quarto, saberia que tínhamos desobedecido.

    Ficamos em pé e olhamos ao redor. Havia muitas estrelas no céu e uma lua quase cheia. Com a minha visão noturna, pude ver o parque a um quarteirão de distância. O Zeke e eu íamos lá quando éramos pequenos. Havia balanços e escorregadores, e um navio pirata em que podíamos subir. O parque parecia vazio, mas então eu vi alguém nos balanços. Era o Tanner Gantt, sentado em um balanço, mas sem se balançar; apenas lá, sozinho. Me perguntei o que estaria fazendo ali. Aposto que planejando maldades para fazer no dia seguinte. Então, fiquei curioso de saber se ele fazia listas também.

Lista de Maldades do Tanner Gantt.
1. Enfiar o Tommy Ferrando numa lata de lixo.
2. Tirar sarro dos óculos da Annie Barstow.
3. Provocar o Abel por causa dos seus ternos ridículos.
4. Dizer a todas as novas crianças que o Quente Cachorro adora ser chamado de Quente Cachorro.
5. Jogar uma banana podre em uma criança qualquer.
6. Criar um novo apelido para o Tommy Ferrando.
7. Pensar em um bom nome de gangue.
8. Começar a gangue.
9. Trancar o Ferrando, o Zimmerman ou o Abel no seu armário.
10. Esconder o suporte atlético de algum garoto.

Olhei para a nossa garagem lá embaixo. Era uma longa descida. Eu definitivamente não gostaria de cair.

Entendi como o meu pai quebrou o que quer que tenha quebrado quando caiu do telhado.

O Zeke lambeu a ponta do dedo e ergueu.

— Sem vento. Céu limpo. Condições de voo perfeitas.
— Ele se virou para mim. — Muito bem, Tonzão... hora de virar um morcego!

Cruzei os braços e o encarei.

— Como?

— Feche os olhos... e então diga: "Eu sou um morcego."

Isso soou como a ideia mais idiota de todas. Mas às vezes o Zeke tem ideias idiotas que funcionam, então decidi tentar. Fechei os olhos. Respirei fundo e depois soltei o ar.

— Eu sou um... Ei, espere um minuto.

— Que foi? — o Zeke perguntou.

— E se eu me transformar em um morcego e não puder voltar a ser eu mesmo?

— Não se preocupe. Isso nunca acontece.

— Como você sabe?

— Bom... Nunca vi isso acontecer em um filme, na tevê ou em um livro.

— O que não significa que não possa acontecer!

— Tonzão, você não vai ser um morcego pra sempre!

— É fácil falar. Não é você que vai se transformar em um morcego.

O Zeke suspirou.

— Tá bem, tá bem. Se você se transformar em um morcego e não puder voltar a ser você, prometo que vou mantê-lo como meu animal de estimação.

— O QUÊ? Eu não quero ser o seu morcego de estimação!

O Zeke ficou todo ofendido.

— Por que não? Eu trataria você bem. Te alimentaria e limparia sua gaiola todos os dias.

— Você me colocaria em uma gaiola?

— Bem... sim. A minha mãe não me deixaria ter um morcego em casa. Mas eu te soltaria à noite para voar pela vizinhança.

— Zeke, sem chance de eu ser seu morcego de estimação!

Foi quando ouvimos uma voz vinda de lá de baixo, do jardim da frente.

— O que os dois manés estão fazendo aí?

19.
Chantagem

Olhamos para baixo e lá estava a Emma, parada na entrada da garagem, encarando a gente.

— Estamos fazendo um relatório para a aula de ciências — respondi rapidamente, para que o Zeke não tivesse a chance de dizer algo ridículo.

— Um relatório sobre o quê? — a Emma quis saber, desconfiada.

— Telhados — o Zeke falou.

O ZEKE É O PIOR MENTIROSO DO MUNDO!

— Não é sobre telhados! — consertei, olhando feio pro Zeke. — É um relatório sobre... as estrelas.

A Emma cruzou os braços e sorriu.

— Ah, certo... Mas vou contar ao papai que você está aí.

— Não! Não! — gritei. — Vamos, Emma, que diferença faz pra você se estamos aqui?

Ela começou a falar como se conversasse com um garoto de dois anos:

— Porque se cair e quebrar o pescoço, você irá para o hospital. Então, a mamãe e o papai me obrigarão a visitá-lo todos os dias. Aí, terei que me sentar ao lado da sua cama e conversar com você, e isso seria tããããão chatoooo!

— Emma, por favor, não diga ao papai que estamos no telhado — implorei.

Ela começou a caminhar em direção à porta da frente.

— Papai!

Era hora da chantagem. Ela não me deu escolha.

Eu gritei pra minha irmã:

— Se fizer isso, direi a eles que você estava beijando o Lucas Barrington.

A Emma congelou e ergueu a cabeça para mim. Parecia que ia ter um ataque cardíaco. Foi muito engraçado.

— Eu não estava... Mas como... Vocês estavam...? — Ela arregalou os olhos. — Vocês estavam me espionando, seus nojentos?!

— Eu não estava te espionando, Emma. — O Zeke colocou a mão para o alto como se estivesse em um tribunal. — Juro!

Dei de ombros e disse:

— Eu estava apenas olhando para a rua e vi o que vi.

A Emma fitou a via pública, onde o carro do Lucas continuava estacionado, e em seguida se virou para mim.

— Como conseguiu nos ver de tão longe?

Antes que eu pudesse dizer qualquer coisa, o Zeke abriu a bocona:

— Porque ele é...

Eu o cortei:

— Por causa do... luar... E dá pra ver as coisas daqui de cima.

A Emma nunca tinha subido no telhado, assim eu esperava que ela acreditasse em mim.

— Tá! — Ela bufou. — Vá em frente e quebre o pescoço. Mas eu não vou te visitar no hospital!

A Emma entrou em casa e bateu a porta.

Eu ouvi o papai gritar do quarto:

— Não bata a porta!

A Emma é a Rainha do Bater de Portas.

O Zeke se virou para mim, todo triste.

— Você acha que ela vai se casar com o Lucas Barrington?

Eu não queria ficar ali falando sobre a Emma e o Lucas. Queria tentar me transformar em um morcego e voar.

— Não, Zeke! Ela vai se casar com você. — Era brincadeira, mas o Zeke achou que eu falava sério; isso é muito comum nele.

— Incrível! — afirmou, animado.

— Tá bem, como faço pra me transformar em um morcego?

— Hã... não sei. Tente dizer "Eu sou um morcego".

Eu repeti:

— Eu sou... um morcego.

Esperei um pouco.

Nada.

— Talvez você devesse sussurrar — o Zeke sugeriu.

— Por quê?

— Vai soar mais legal.

Sussurrei:

— Eu sou um morcego. — Não pareceu mais legal pra mim.

Nada, de novo.

— Talvez você deva fechar os olhos, Tonzão, se concentrar e se imaginar como um morcego.

Fechei os olhos. Por alguma razão, me imaginei com uma cabeça de morcego minúscula, com olhos grandes e no topo de um corpo com pernas humanas de tamanho normal, com duas asas de morcego gigantes em vez de braços.

Era assustador.

E *não* funcionou.

Eu ainda era apenas uma criança em um telhado.

Acho que o Zeke ficou mais desapontado do que eu.

— Ah, cara! Eu realmente queria te ver voar.

— Vamos voltar pra dentro, Zeke, antes que os meus pais nos flagrem.

Nós nos viramos para voltar para dentro, e foi quando eu tropecei no helicóptero idiota (que a Emma fez voar até lá de propósito) e caí do telhado.

20.

O pouso

Rolei pelo telhado e caí pela beirada. É uma loucura o tanto em que se consegue pensar em alguns segundos. Eu me perguntei o que iria quebrar:
Os braços?
As pernas?
Os pés?
A coluna?
O pescoço?
Todas as opções anteriores?

Também pensei, enquanto caía, que seria um ótimo momento pra eu me transformar em um morcego e voar. Dessa forma, não iria bater na calçada, nem quebrar nada.

Eu não me transformei em um morcego.

Mas também não quebrei nada.

Caí de pé, como um gato, e não doeu. Olhei pro Zeke, que, parado na beira do telhado, sorria.

— Pouso suave, Tonzão!

A porta da frente se abriu, e lá estava o papai.

— O que faz aqui, Tom? Achei que estivesse estudando lobisomens no seu quarto.

— Eu... Eu... estou fazendo o dever da aula de ciências agora — menti. — Estamos estudando as estrelas.

— É mesmo? — O papai saiu para a calçada e se virou para cima, direto pro Zeke. Eu agarrei o braço do papai, fiz com que se virasse na direção oposta e apontei para o céu.

— O que é aquela estrela, pai?

— Bem, na verdade não é uma estrela, é um planeta: Mercúrio. As estrelas cintilam, os planetas têm uma luz constante. — Ele olhou ao redor. — Cadê o Zeke? Ele deveria estar ouvindo isso.

— Zeke foi ao banheiro.

O Zeke sempre ia ao banheiro pelo menos três vezes quando estava na minha casa.

Tive que ficar *pra sempre* do lado de fora da casa com o meu pai e falar sobre estrelas e planetas. O Zeke rastejou silenciosamente pelo telhado, pela janela do sótão e de volta para a casa. E, enfim, saiu pela porta da frente.

O papai falou um pouco mais sobre estrelas até que a mãe do Zeke ligou, e ele teve que ir embora.

— Vejo você amanhã, Zeke.

— Te vejo no ônibus, Tonzão.

— Ei, Tom. — O papai me conduzia para dentro. — Deveríamos fazer isso de novo amanhã à noite. Vai ser lua cheia.

21.
Pesadelo

Aquela noite eu tive um sonho bizarro. O *trailer* de circo lá do posto estava estacionado na frente da minha casa, e havia um grande pôster onde estava escrito:

**VENHA VER O VAMBIZOMEM
3 MONSTROS PELO PREÇO DE 1!**

O Velho do Charuto Fedorento, em pé em cima de uma caixa, falava para uma multidão:

— Senhoras e senhores, entrem e vejam algo que é tão estranho, tão monstruoso e tão horrível que peço a qualquer um de vocês que se assuste ou se perturbe facilmente, que tenha um coração fraco ou estômago enjoado, e crianças pequenas que evitem entrar para ver a bizarrice mais incrível do planeta! O Tom Terror: o primeiro e único

vambizomem do mundo! Apenas cinco pratas! Fale com ele! Faça perguntas! Tire uma selfie! Você pode até cutucá-lo com um pedaço de pau, se tiver trazido um! E se não trouxe um pedaço de pau, posso te vender um! Mas já vou avisando: não chegue muito perto! Ele morde! E se ele te morder... você vai se tornar... tão horrível quanto ele!

Então, a Annie apareceu com o Zeke, mas os dois eram mais velhos; pareciam ter cerca de vinte e cinco anos. Porém, isso não foi o mais estranho. A Annie usava um vestido longo e branco, e o Zeke, um smoking. Eles pagaram ao Velho do Charuto Fedorento cinco pratas cada e entraram no *trailer*.

Lá estava eu, amarrado na cadeira, igual ao zumbi. E ainda parecia ter onze anos.

— Annie! Zeke! — gritei. — Estou tão feliz em ver vocês! Me ajudem! Me tirem daqui!

— Oi, Tonzão. — O Zeke sorriu. — Você parece ótimo!

— Por que vocês dois estão tão bem-vestidos? — perguntei.

A Annie sorriu.

— Olá, Tom. O Zeke e eu vamos nos casar hoje. Eu realmente sinto muito, não posso me casar com um vampiro-lobisomem-zumbi. Mas queríamos que você estivesse na festa.

— O quê?!

— Tonzão, você aceita ser meu padrinho?

— De jeito nenhum, Zeke!

Foi quando o Tanner Gantt entrou — estava mais velho também. Ele era o reverendo que iria casar os dois! Como o Tanner Gantt se tornou reverendo?!

— Zeke Zimmerman — o Tanner começou —, você aceita a incrivelmente incrível, inteligente, legal, bonita e engraçada Annie Barstow como sua legítima esposa?

— Aceito — o Zeke falou.

— Annie Barstow, você aceita Zeke Zimmerman como seu marido legítimo, em vez dessa coisa nojenta e assustadora de vampiro-lobisomem-zumbi que eu mal consigo olhar?

— Aceito!

O Tanner sorriu.

— Pode me passar as alianças, por favor?

O Zeke olhou para mim.

— Estão no seu bolso da frente, Tonzão.

Eu consegui enfiar a mão no bolso da frente da minha calça jeans, mesmo estando amarrado. Havia um par de alianças! Como foram parar lá?

— Eu não vou te dar aliança nenhuma, Zeke!

O Tanner Gantt se adiantou para tirar os anéis da minha mão, e eu tentei mordê-lo.

— Tonzão! Não morda o reverendo! — o Zeke gritou.

O Tanner Gantt disse:

— Não se preocupe, Zeke, eu cuido disso. — E puxou uma estaca de madeira do paletó, ergueu o braço e estava prestes a me acertar com ela.

— Não! Não faça isso! Ele é meu padrinho! — o Zeke choramingou.

Então, acordei.

Foi o sonho mais bizarro que já tive na vida.

Mas o dia seguinte foi ainda pior.

22.
Lá vem o sol

— **A**corda, garoto do ensino médio! — a mamãe falou ao passar pela porta do meu quarto.

Eu torcia pra que ela não fizesse aquilo todas as manhãs.

Fiz questão de tomar um café da manhã gigantesco para evitar ficar faminto depois:

1. Uma grande tigela de cereal
2. Dois ovos (mexidos)
3. Três pedaços de bacon (crocantes)
4. Três panquecas (com manteiga e mel)
5. Suco de laranja (sem polpa)

— Vou ter que arranjar mais um emprego pra conseguir alimentar você! — o papai comentou.

Ninguém riu, exceto a minha mãe, que olhava pela janela.

— Estou tão feliz que tenha sol hoje! Tão diferente do dia sombrio de ontem...

O Muffin sentou-se no canto, o mais longe possível de mim, e ficou me olhando.

— É melhor você se desculpar com o Muffin — mamãe falou. — Ele ainda está bravo por ter rosnado pra ele ontem.

Eu ia lembrá-la de que o Muffin rosnou para mim primeiro, mas não fiz. Agora eu entendia por que o meu cachorro agiu daquele jeito. Ele sabia que eu era parte lobisomem. Então, falei:

— Desculpe, Muff.

Ao me ver colocar um monte de barras de cereal na minha mochila, a Emma não se conteve:

— Por favor, me diga que você está fugindo de casa!

Eu ignorei. Às vezes, isso é o melhor a fazer.

Demorei tanto para preparar o meu café da manhã, comê-lo e limpar tudo que achei que ia perder o ônibus. Aí, corri para fora de casa, esquecendo algo muito importante.

Eu estava na metade do quarteirão quando, de repente, a minha pele começou a queimar num grau absurdo. Cada parte do meu corpo exposta ao sol parecia em chamas. Tudo doía: os meus braços, as minhas mãos, o meu rosto, os meus olhos, as minhas orelhas. Até o meu cabelo doía! Foi quando me lembrei de que era um terço vampiro, e o sol não era meu amigo. Olhei para os meus braços. Eles estavam fumegando.

— AAAAAHHHHHHH! — gritei!

Foi dez vezes pior do que correr na pista com o sol alto e superbrilhante.

Disparei de volta para casa o mais rápido que pude. Assim que entrei, me senti melhor. Prendi a respiração e subi as escadas quase voando. A Emma vinha descendo, falando ao celular.

— Pari, você não vai acreditar no que aconteceu com você-sabe-quem ontem à noite!

Eu meio que esbarrei em Emma, e ela meio que caiu, e eu meio que pisei no seu tornozelo.

— Seu idiota estúpido! — ela gritou. — Você quase me matou!

— Emma! Não chame o seu irmão de "idiota estúpido"! — a mamãe ralhou, da cozinha.

— Mas ele é um idiota estúpido! Acho que quebrou o meu tornozelo! Eu não consigo andar! Ligue para a emergência!

Ela é tão dramática...

Eu precisava de muita proteção solar e estava com pressa.

Abri o meu armário e peguei o primeiro boné que vi. Era verde brilhante e tinha um Tiranossauro Rex com óculos escuros tocando violão. Dizia: "Dinossauros Detonam!" Eu comprei em um lugar chamado Mundo Dino quando tinha sete anos, achando que era o boné mais legal que já tinha visto na vida. Eu jamais usaria agora, mas foi o único que consegui encontrar, e já estava atrasado.

Esperava que as pessoas me vissem como um cara divertido e engraçado por estar usando um boné tão infantil. No ano passado, o Jason Gruber usou um boné da Dora Aventureira, e todos o acharam muito descolado e engraçado. Mas o Jason pode usar qualquer coisa e ficar bem. Não sei como ele faz isso.

Os alunos podem usar bonés na escola, desde que tirem na aula e não tenha nada de ofensivo escrito. No ano passado, o Tanner Gantt usava um que dizia "Escola É Um Saco!". Ele teve sérios problemas.

Em seguida, peguei um par de óculos escuros que usei em um show de talentos da terceira série. Foram catorze apresentações de alunos. Nós ficamos em décimo quarto lugar. A Annie ficou em primeiro lugar, e ela mereceu, porque realmente cantava uma música, tocava violão e tinha talento.

Tirei a camiseta e coloquei uma de manga comprida de botão que a mamãe me obriga a usar quando tenho que me vestir bem e "ficar bonito". Passei protetor solar em todo o rosto, pescoço, orelhas e mãos, o que foi difícil porque... NÃO CONSEGUIA VER O MEU REFLEXO NO ESPELHO!

Já que eu teria que fazer essas coisas todos os dias, iria precisar acordar mais cedo. Do contrário, acabaria como um grande monte de cinzas na calçada.

Decidi que se eu tornasse a ver aquele morcego vampiro estúpido, faria algo realmente terrível com ele. Eu não sabia o que, mas gostei de pensar nas possibilidades.

○ ○ ○

Quando saí correndo de casa, a Emma caminhava em direção ao carro da Pari.

— Achei que você tivesse quebrado o tornozelo! — comentei.

— Eu melhorei — ela disse ao notar a minha indumentária. — Chapéu legal. E adoro os óculos de sol. Uau. Eu não sabia que hoje era o Dia do Palhaço!

— É protetor solar!

— É mesmo? Você vai fazer uma viagem até o sol?

Fiquei um pouco preocupado.

— Eu passei muito?

A Emma sorriu.

— Não. De modo algum.

Eu sabia que isso significava que tinha colocado muito. Corri para o ponto de ônibus, esperando que o protetor solar acabasse sendo absorvido pela minha pele e eu não parecesse um palhaço. Quando finalmente cheguei ao ponto, não havia ninguém lá.

Eu tinha perdido o ônibus.

23.

Ligeirinho

Eu ia ganhar *um atraso*. O primeiro atraso gera uma advertência.

Dois atrasos significam ir para a Detenção do Almoço Silencioso, na qual o sujeito fica sentado em uma mesa especial de frente para a parede, na companhia de um monte de crianças com as quais provavelmente não gostaria de ter de almoçar, e calado.

Com três atrasos a gente tem que fazer "embelezamento do *campus*", que é apenas uma palavra chique para recolher o lixo. É basicamente fazer o trabalho de zelador, mas sem ser pago por isso.

Quatro atrasos levam a uma hora de detenção depois das aulas... com pessoas como o Tanner Gantt.

Cinco atrasos: aulas aos sábados... com pessoas como o Tanner Gantt e talvez até pior.

o o o

Comecei a correr. Talvez eu pudesse chegar ao próximo ponto antes do ônibus. Peguei um atalho por um beco, e três cães diferentes latiram para mim.

Ao sair do beco, vi o ônibus passando. Corri pela calçada, em direção ao ponto. Olhei de novo e percebi que estava ultrapassando o ônibus. Parei assim que ele parou.

A Moça do Ônibus abriu a porta e disse:

— Nossa, você corre pra caramba, garoto! Vou chamá-lo de Ligeirinho!

Acho que esse apelido não é dos piores. Agora que eu sabia que a cruz no colar me faria sentir mal, porque eu era um vampiro, apenas sorri e passei por ela.

Andei pelo corredor em direção ao Zeke, que estava sentado na parte de trás do ônibus. Algumas das crianças me lançaram olhares estranhos e fizeram comentários enquanto eu passava.

— Belos óculos de sol, sr. Descolado!
— Me dá um autógrafo, por favor?
— Você está fantasiado de palhaço?
— Não é Halloween, idiota!
— Uau! Os dinossauros realmente detonam?
— Mas que boné ridículo, cara!

Eu definitivamente não era o Jason Gruber.

o o o

Pelo menos o Tanner Gantt não estava lá. Essa era uma boa notícia. Ele devia ter abandonado a escola ou, com sorte, foi preso por roubar um banco.

Vi a Annie ao lado da Capri, a garota da minha aula de artes. Como as duas conversavam, apenas acenei pra Annie ao passar. A Capri me lançou um olhar estranho, mas quase todos ali dentro fizeram o mesmo. Sentei com o Zeke, no fundo.

— Boné incrível! — E ele não estava sendo sarcástico. O Zeke adorava ir ao Mundo Dino. — Eu tinha um igual, mas o meu cachorro velho, Tucker, comeu e depois o vomitou; foi nojento, mas eu não queria jogar fora, então lavei cinco vezes. No entanto, ainda cheirava a vômito de cachorro, por isso tive que jogá-lo fora. Ei! Por que o seu rosto está tão branco?

— Protetor solar — respondi. — Shhh!

A Annie e a Capri conversavam, e eu queria ouvir o que elas diziam. Como a maioria das crianças estava

falando, fazia muito barulho no ônibus, mas, se eu virasse um dos ouvidos direto para elas, conseguiria escutar perfeitamente.

— Você conhece o Tom Marks, Annie?

— Sim. Fomos para a escola primária juntos.

— Ele está na minha aula de artes. É um artista terrível. Tipo... é o pior artista que já vi na vida. Por que está fazendo aulas de arte? Ele não consegue desenhar de jeito nenhum.

— Talvez seja por isso que mesmo, pra que possa aprender — disse Annie.

Após pensar por um momento, ela fez outro comentário:

— E qual é a daquele boné que ele está usando, e os óculos escuros?

A Annie encolheu os ombros.

A Capri se virou e olhou direto pra mim, e eu rapidamente fingi estar falando com o Zeke, mas apenas abria e fechava a boca. Desse modo, pude continuar ouvindo as duas.

O Zeke arregalou os olhos, preocupado.

— Tonzão! A sua voz sumiu!

— Shhh!

A Capri se voltou de novo para a Annie:

— Ele tem orelhas lindas. Como um elfo.

Meu Deus, faça com que ela não comece a me chamar de Elfinho...

24.

A surpresa do Abel

Finalmente chegamos à escola. Fui ao meu armário e lá estava o Abel, usando um terno diferente. Aquele tinha uma pequena corrente de ouro saindo do bolso, presa a um dos botões.

— Saudações, sr. Marks! — ele me cumprimentou.
— Usando protetor solar, eu percebo. Decisão inteligente. Os raios ultravioleta podem ser mortais. Costumo aplicar diariamente um bloqueador com fator de proteção oitenta.

Lógico que o Abel usava protetor solar...

Ele apontou para os meus óculos de sol.

— Acredito que esses sejam os mesmos que você usou na sua apresentação, junto com o seu colega Zeke, no show de talentos da terceira série.

O Abel tinha feito um número de ventríloquo naquele ano, com um manequim que ele vestira para se parecer exatamente com ele. Muitas crianças não entendiam as piadas, mas eu achei muito engraçado, e o Abel ficou em segundo lugar, atrás da Annie.

O Abel ergueu os olhos para o meu boné.

— E um *chapéu* do Mundo Dino. Eu aprovo!

Bem, até aquele momento, duas pessoas gostaram do meu boné. O Zeke e o Abel.

O Abel continuou:

— E não pude deixar de notar que o *Tyrannosaurus rex* está tocando uma guitarra. Esse é precisamente o mesmo tipo de guitarra que eu toco.

O Abel tocava guitarra? Sempre achei que ele seria do tipo que toca violino ou harpa.

Aí, apontou para o nosso armário aberto.

— Você aprova?

Eu me virei e olhei.

Havia papel de parede atrás da porta, um espelho e um copo cheio de canetas e lápis, além de um pequeno quadro branco. Ele já havia escrito algo:

— A cada dia, podemos nos revezar para escrever frases inspiradoras — o Abel sugeriu. — Tomei a liberdade de optar pela prateleira de baixo para os meus livros, já que sou um pouco mais baixo que você, que poderá usar

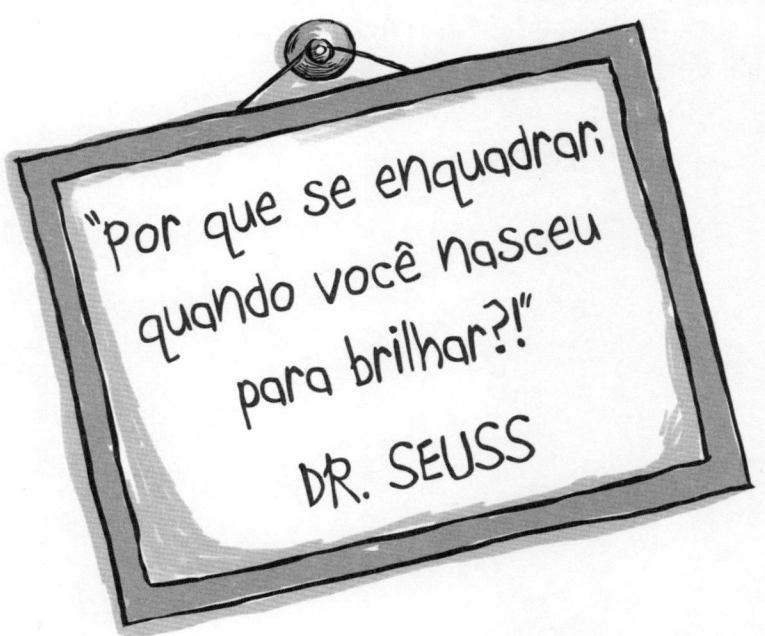

> "Por que se enquadrar, quando você nasceu para brilhar?!"
> DR. SEUSS

a prateleira mais alta. Espero que não se importe. Organizei os meus livros sequencialmente, do primeiro ao sexto período. Também abasteci o nosso armário com lanterna, kit de primeiros socorros e lanchinhos saudáveis.

Que horas ele chegou para fazer tudo aquilo? Eu tinha que dizer algo ao Abel sobre o armário, já que ele tinha se esforçado tanto.

— Hã... parece bom, Abel.

Me perguntei o que ele diria se soubesse que compartilhava um armário com um vampiro-lobisomem-zumbi. Seria algo como: "Que fascinante!"

Coloquei os meus livros na prateleira de cima e disse:

— Eu tenho que ir para a aula.

O Abel pegou a corrente de ouro em seu colete e tirou um relógio de bolso.

— De fato. O tempo não espera por ninguém. Até mais ver!

Me afastei, me virei e entrei no corredor.

— Bom dia, Faniquito!

25.
Olhe nos meus olhos

Infelizmente o Tanner Gantt não desistiu da escola, nem tinha sido preso.

Ao ver o meu boné, ele riu.

— Ahhhnn... Você *gota* de dinossauros, bebezinho Faniquitinho? E qual é a desses óculos aí? Está tentando parecer descolado? Pode acreditar, Faniquito, você nunca será descolado. — Ele se aproximou. — O que é isso na sua cara? Está usando maquiagem?

— É protetor solar — respondi e comecei a me afastar.

O Tanner Gantt colocou o braço em torno do meu ombro, como se fôssemos amigos. O seu grande braço direito parecia muito pesado. Eu sabia que a qualquer segundo ele poderia me dar uma chave de braço.

Qual seria a reação dele se soubesse que eu poderia morder o seu pescoço, ou rasgar a sua garganta, ou arrancar o seu coração, ou comer o seu cérebro?

Ele gritaria?

Choraria?

Faria xixi na calça?

Desmaiaria?

Eu adoraria ver o Tanner Gantt desmaiar. Mas eu não poderia fazer nenhuma dessas coisas com ele.

Primeiro, isso revelaria o meu segredo.

Segundo, eu seria preso e iria para a cadeia.

Terceiro... Não cheguei ao terceiro, porque o Tanner Gantt disse:

— Ei, escute, Faniquito, eu me esqueci de te dar uma coisa ontem.

— O quê? — Suspirei, sabendo exatamente o que iria acontecer.

COMO APLICAR O CUECÃO PERFEITO

Por Tanner Gantt

SUPERSECRETO *Sério!*

— Um megacuecão! — E ele me puxou para baixo de uma escada, onde ninguém poderia nos ver.

Agora, o que geralmente acontecia a seguir era o seguinte: o Tanner Gantt agarrava a parte da borda cima da cueca da vítima e a puxava para cima, erguendo a pessoa do chão. Ele era um especialista em cuecões, e poderia dar uma aula chamada Como aplicar o Cuecão Perfeito. O Tanner dava cuecões desde o jardim de infância, e aperfeiçoou sua técnica. Ele se movia muito rápido. Você nem via acontecer. Mas você sentia. E não era uma sensação boa.

Mas dessa vez aconteceu algo diferente. Algo que jamais acontecera na história do Tanner Gantt dando cuecões. Eu me movi mais rápido que ele. Agarrei seus pulsos e o detive. O Tanner tentou mover os braços, mas não conseguiu. Então, olhou para mim meio bravo e meio confuso.

— O que você está fazendo?!

Para ser honesto, eu não fazia a menor ideia. Simplesmente aconteceu.

— Chega de cuecões — eu falei, com toda a calma.

— Ah, claro! — O Tanner lutava para se soltar do meu aperto. — Quando eu descobrir como sair desta porcaria, vou te jogar ali dentro! — Ele sacudiu a cabeça em direção a uma lata de lixo no corredor.

— Não, vai não.

Foi aí que tive uma ideia para um novo plano.

O Plano de Hipnotizar o Tanner Gantt.

o o o

O Zeke me lembrou na noite anterior que os vampiros têm a capacidade de hipnotizar as pessoas. Eles podem olhar nos olhos de alguém e falar com uma voz estranha, e aí dizem à pessoa o que fazer, e ela faz. O Drácula fez isso naquele filme antigo que a vó e eu assistimos na casa dela.

Encarei o Tanner Gantt e falei devagar, com uma voz profunda:

— Olhe... para dentro... dos meus... olhos.

— Não consigo ver os seus olhos, idiota! Você está usando óculos escuros.

Eu tinha esquecido esse detalhe. Como não podia soltar os pulsos dele, balancei a cabeça algumas vezes, e os meus óculos de sol caíram. Estávamos dentro da escola, então o sol não machucaria. Encarei o Tanner o mais fixo que pude.

Ele riu.

— Está tentando parecer durão, Faniquito?

— Olhe nos meus olhos — falei de novo, com a minha voz profunda de vampiro.

— Por que está falando assim? — ele zombou.

— Olhe nos meus olhos — repeti.

— Eu não quero olhar!

O Plano de Hipnotizar o Tanner Gantt não estava funcionando. Tinha se tornado *O Plano Mais Estúpido do Mundo*. Mas por algum motivo eu não parei.

— Tem medo de olhar nos meus olhos, Tanner?

— Medo? De você? De jeito nenhum!

— Então, olhe nos meus olhos!

Finalmente, ele me obedeceu. Eu parei de usar a voz de vampiro, porque parecia meio ridículo. Falei devagar e baixinho com a minha voz normal:

— De agora em diante você será legal com as pessoas. Você não vai provocar, nem zombar, nem xingar, nem jogar ninguém em latas de lixo.

Os olhos do Tanner Gantt ficaram meio vidrados.

Ele não disse nada. Sua boca lentamente abriu um pouco, e aí ele respondeu:

— Sim, Tom... farei tudo o que você disser.

Estava funcionando!

Eu tinha conseguido hipnotizar o Tanner!

Não haveria mais bullying!

Não haveria mais cuecões!

Ninguém mais seria jogado em latas de lixo!

Soltei os pulsos dele.

E esse foi um grande erro.

O Tanner Gantt fingiu estar hipnotizado.

o o o

Antes que eu entendesse o que estava acontecendo, ele me arrastou para fora da escada e me atirou na lata de lixo mais próxima, que estava cheia de sobras do almoço do dia anterior. Quem diria que o zelador mal-humorado não esvaziava as latas de lixo todas as noites...

Eu estava sentado em caroços de maçã velhos, sanduíches de manteiga de amendoim comidos pela metade, migalhas de batata frita, pedaços de pãezinhos de frutas pegajosos e restos de pão de hambúrguer encharcado.

Aquela foi a primeira vez que fui jogado em uma lata de lixo pelo Tanner Gantt. De alguma forma, sendo cuidadoso, eu o tinha evitado. Mas acho que, no fim, isso acabava acontecendo com todo o mundo.

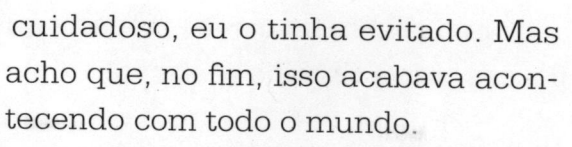

Ele ria como se fosse a coisa mais engraçada da história da humanidade, embora tivesse feito isso um milhão de vezes com um milhão de crianças.

— O que está acontecendo aqui? — perguntou uma voz adulta.

Virei a cabeça e vi a sra. Heckroth, minha rígida professora de matemática, parada ali, olhando para mim. Eu não sabia se deveria ficar na lata de lixo ou sair. Decidi ficar.

— Você é um dos meus alunos, não? Qual é o seu nome?

— Tom Marks — respondi, percebendo um curativo no dedo que ela havia cortado ontem.

— Quem o colocou nessa lata de lixo, sr. Marks?

Essa era uma pergunta complicada de responder. Eu tinha duas escolhas:

Escolha nº 1: Eu não contaria sobre o Tanner Gantt, e ele continuaria a me torturar para sempre.

Escolha nº 2: Eu deduraria o Tanner Gantt, ele teria problemas, e ainda me torturaria para sempre.

O Tanner Gantt me lançou um olhar que basicamente dizia: "Se você contar a ela que fui eu, terá uma morte lenta, horrível e dolorosa."

Isso confirmou o que eu pensei que aconteceria se eu ficasse com a Escolha nº 2; então, optei pela Escolha nº 1.

— Eu caí, sra. Heckroth — menti.

— Você *caiu*? — Ela arqueou uma sobrancelha.

Como parecia que a professora não acreditava em mim, então acrescentei alguns detalhes:

— É. Eu estava procurando pelo meu livro, *Caninos Brancos*, que deixei cair aqui sem querer.

Esperava que ela não visse a minha cópia de *Caninos Brancos* saindo da minha mochila. Com o canto do olho, pude ver o Tanner Gantt começando a sair fora.

— Pare aí — a sra. Heckroth ordenou. — Qual é o seu nome, jovem?

O Tanner Gantt deu seu grande sorriso falso e afirmou:

— Abel Sherrill.

Ele era bom nisso.

— O que aconteceu, sr. Sherrill? — ela quis saber.

— Bem, o Tom estava apenas caminhando pelo corredor, tranquilo, e um garotinho malvado chamado Zeke Zimmerman apareceu e o jogou na lata de lixo sem motivo; em seguida, fugiu antes que eu pudesse detê-lo.

O Tanner Gantt era muito, muito bom nisso.

A sra. Heckroth concordou com a cabeça.

— Que interessante.

— Eu tenho que ir para a aula agora — disse ele, enquanto se afastava.

— Um minuto! — ela o chamou. — Você poderia, por favor, soletrar o seu sobrenome para mim, sr. Sherrill?

— O quê? — O Tanner Gantt foi surpreendido pela pergunta.

— Soletre o seu sobrenome — repetiu a sra. Heckroth. — Você sabe soletrar o seu sobrenome, não?

— Sim... hã... S-H-A-R... E? — Ele começava a suar. — R-U-L... Posso começar de novo?

— Não, não pode — retrucou a professora. — Abel Sherrill é um dos meus alunos. Qual é o seu nome?

Nossa! Era apenas o segundo dia de aula: como é que ela sabia quem era o Abel Sherrill? Aí eu entendi. Óbvio. Quantas crianças iam à escola com um terno e carregavam uma pasta e um guarda-chuva?

— Tanner Gantt — ele murmurou.

— Fale mais alto.

— TANNER GANTT!

— Bem, sr. Gantt, primeiro você vai ajudar o sr. Marks a sair da lata de lixo em que você o jogou.

— Eu não o joguei! — ele protestou.

— Eu vi você fazer isso, sr. Gantt.

O Tanner Gantt se aproximou, agarrou o meu braço e me puxou pra fora da lata de lixo. Nesse momento, havia um grande grupo de crianças nos observando.

— Agora você vai se desculpar com o sr. Marks — ordenou a professora.

O Tanner Gantt emitiu um ruído que poderia ter sido um "Desculpe".

— Mais alto, por favor, para que o sr. Marks possa entendê-lo.

— DESCULPE! — ele gritou e começou a se afastar.

— Pare, sr. Gantt. Você vem comigo para a diretoria.

Ele se virou.

— O quê?!

— E vamos ligar para os seus pais.

De repente, o rosto dele ficou pálido, e pareceu tão branco quanto o meu.

Em uma voz baixa que eu nunca tinha ouvido antes, o Tanner Gantt disse:

— Sra. Heckroth, *por favor*, não ligue para os meus pais.

— Vamos discutir isso com o diretor Gonzales.

Ela se virou e caminhou em direção ao escritório do diretor. O Tanner Gantt a seguiu, caminhando lentamente, cabisbaixo.

Eu estava limpando um pouco de manteiga de amendoim da minha calça quando o Zeke apareceu. Contei a ele o que tinha acontecido.

— Você tentou mesmo hipnotizá-lo? — ele perguntou.

— Sim! E não funcionou! Você me disse que os vampiros podem hipnotizar as pessoas!

— Ah, sim... Acho que esqueci de dizer que vampiros não podem hipnotizar alguém que não quer ser hipnotizado.

— Obrigado por deixar esse detalhe de fora. — E puxei uma casca de banana escura do bolso da camisa.

26.
Vlad, o Empalador

Cheguei à primeira aula, e o sr. Kessler leu um capítulo de *Caninos Brancos* em voz alta para nós por um tempo. Há uma parte em que alguns lobos comem um bando de cães de trenó e um homem. Isso me deixou com muita fome.

Pouco antes do final da aula, ouvi gritos do lado de fora. Ao olhar pela janela, vi o Tanner Gantt e uma mulher, que devia ser sua mãe, caminhando para o estacionamento.

— Eu tive que sair do trabalho e dirigir todo o caminho até aqui para te buscar! — ela gritava. Aí, abriu a porta do passageiro, agarrou o Tanner Gantt pelo braço e o empurrou para o banco da frente. — O que há de errado com você? — Entrou no lado do motorista e, pouco antes de bater a porta, disse: — Seu idiota estúpido!

Então eles foram embora.

o o o

O resto do meu dia não foi completamente horrível. O protetor solar foi absorvido pelo meu rosto, então eu não parecia mais um palhaço.

O sr. Prady, professor de ciências, mandou que eu, o Quente Cachorro e outro menino movêssemos uma grande estante de livros pela sala. Não me esforcei muito, para que eles não soubessem o quão forte eu era.

O Quente Cachorro gritou comigo:

— Marks! Seu fracote! Você não está fazendo nada! Empurra!

Fiquei com vontade de pegar a estante sozinho, erguê-la acima da cabeça e dizer: "Está melhor assim, Quente Cachorro?". Mas me segurei.

o o o

Na aula de história, o Zeke acenou para mim duas fileiras na minha frente e ergueu um bilhete.

Eu fiz que não com a cabeça. Isso não o impediu. O Zeke adora passar bilhetes. Ele costuma escrever coisas como "Encontre-me depois da escola!", o que é ridículo, porque eu sempre o encontro depois da escola. Às vezes ele apenas desenha. O Zeke é um artista ainda pior do que eu, por isso nunca decifro o que ele desenhou. Uma vez, o Zeke escreveu um bilhete pra mim escrito apenas "Este é um bilhete".

O Zeke passou o bilhete para o Quente Cachorro, que começou a lê-lo. Tentei arrancar dele, mas a professora, a sra. Troller, me viu.

— Posso ficar com isso, por favor, sr. Marks?

Entreguei o bilhete pra ela.

— Só para que todos saibam, se alguém passar um bilhete na minha aula e eu ver... o conteúdo será lido em voz alta.

Odeio quando os professores liam bilhetes em voz alta.

Isso deveria ser contra a lei.

A sra. Troller pigarreou e leu para a classe:

— "Vampiros podem conseguir sangue cozinhando um pedaço de bife cru, um minuto de cada lado. Depois você espreme a carne em um copo, e o sangue sai."

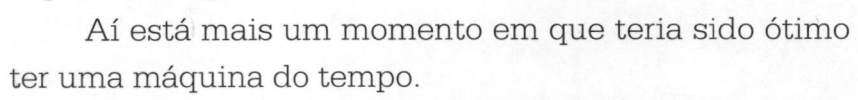

Aí está mais um momento em que teria sido ótimo ter uma máquina do tempo.

— O Tom e eu estamos escrevendo uma história em quadrinhos sobre um vampiro! — o Zeke anunciou.

A sra. Troller acenou com a cabeça, como os professores fazem. Será que ela acreditara nele?

— Não gosto de bilhetes passados na aula — ela afirmou.

Eu sabia que teríamos problemas.

—Mas gosto de histórias em quadrinhos—acrescentou.

O quê?! Ela parecia a última pessoa no mundo que gostaria de histórias em quadrinhos. A sra. Troller era velha. Não tão velha quanto a minha avó, mas quase isso. Como podia gostar desse tipo de coisa?

A professora se virou para a classe.

— Por falar em vampiros...

Por um segundo, a sra. Troller olhou direto pra mim. Ela sabia? Ela ia dizer: "Temos um sentado bem aqui! Tom Marks, levante-se e vire um morcego!"

Ela não disse isso.

— ...algum de vocês sabia que Drácula existiu e era um homem de verdade?

Ninguém sabia.

A sra. Troller continuou:

— Pois é. O príncipe Vlad Drácula viveu no século 15 e travou algumas batalhas na Transilvânia. Ele foi apelidado de Vlad, o Empalador, porque empalava os seus inimigos em estacas. Havia rumores de que o príncipe bebia o sangue deles, mas ninguém sabe ao certo.

Alguns alunos acharam nojento e disseram "Eeeeca!".

Outros acharam que era legal. Eu queria que ela mudasse de assunto.

— O homem que escreveu o livro intitulado *Drácula* foi Bram Stoker. Ele usou o nome de Vlad. — A professora se sentou na beirada da mesa. — Muitos personagens de ficção são baseados em pessoas reais da história.

Ela se virou pro Zeke.

— Quanto da sua história em quadrinhos você escreveu?

— Só o primeiro capítulo — Zeke respondeu.

— Bem, chega de passar bilhetes. Mas, por favor, traga o primeiro capítulo amanhã. Eu gostaria de ver.

— Incrível! — O Zeke sorriu.

Eu lancei pra ele um olhar de "Você pirou?!". O Zeke fez um sinal de positivo com o dedo.

Agora teríamos que escrever uma história em quadrinhos.

o o o

Na aula de artes, a nossa tarefa era desenhar algumas flores em um vaso. A Capri tentou me ajudar, mas as minhas flores acabaram parecendo luvas de beisebol com cara de macaco. Eu a peguei olhando para as minhas orelhas algumas vezes.

Ao analisar o meu desenho, o sr. Baker disse:

— Essa é uma bela cara de macaco em uma luva de beisebol.

Ele tinha gostado do meu autorretrato ontem, então imaginei que se eu dissesse "É assim que vejo flores às vezes" ele também apreciaria. Então, eu disse.

E ele não gostou.

— Infelizmente, sr. Marks, não é isso o que estamos desenhando hoje. Tente novamente.

Eu apaguei o meu desenho e comecei de novo. Olhei pra Capri e tentei copiá-la. Aí, tive uma ótima ideia.

— Ei, Capri — sussurrei —, você é uma ótima artista. Não gostaria de desenhar alguns vampiros para uma história em quadrinhos?

A Capri franziu o rosto e disse:

— Eca! Eu não gosto de vampiros.

— Bom... você não precisa gostar, só desenhar.

Ela olhou de novo para as minhas orelhas.

— Vou pensar.

27.
Superpoderes

Eu e o Zeke pedimos a nossa comida para a tia da cantina.

— Vou querer uma pizza com todos os recheios — o Zeke pediu.

Dei um cutucão nas costelas dele com o cotovelo e sussurrei:

— Sem alho.

— Ah, desculpe, nada disso... A pizza de muçarela, por favor.

Ela entregou a pizza e disse:

— Próximo!

— Dois hambúrgueres, por favor — pedi. — Muito malpassados.

— Fazemos nossos hambúrgueres em um ponto só — ela resmungou, rabugenta. — Bem passado. — Empurrou dois hambúrgueres na minha bandeja e se virou para a pessoa atrás de mim. — Próximo!

O Zeke e eu sentamos na nossa mesa no canto.

— Tive uma ideia incrível, Tonzão!

— O quê? — perguntei, sabendo que seria:

a) ridículo;
b) impossível;
c) louco;
d) sem sentido algum;
e) todas as anteriores.

O Zeke pulava para cima e para baixo.

— Você pode usar os seus superpoderes para resolver crimes e eliminar os bandidos!

— Shhh! Eu não sou super-herói — falei baixinho.

O Zeke deu uma grande mordida na pizza e disse, enquanto mastigava:

— Mas você tem alguns poderes, então é tipo um super-herói.

— Nós concordamos em manter isso em segredo! — falei pra ele. — E eu não serei um super-herói!

O Abel se aproximou com a sua bandeja de comida e pediu:

— Com licença? Posso me juntar aos dois senhores ou vocês estão reservando lugares novamente hoje?

O Zeke se adiantou:

— Ei, Abel! Não estamos guardando lugares. Senta aí.

O Abel sentou do meu lado.

— Vocês discutiam sobre super-heróis?

Tentei responder antes do Zeke, mas a minha boca estava cheia de comida, e ele era muito rápido:

— Sim! Há um novo herói incrível chamado... Super--Homem Vampiro-Lobisomem-Zumbi!

— Nunca ouvi falar desse super-herói em particular. — O Abel ergueu uma sobrancelha.

— Vai ouvir em breve. — O Zeke piscou um olho pra ele.

Eu lancei ao Zeke o olhar mais bravo que eu já tinha lançado pra ele.

● ● ●

Felizmente, um cano d'água quebrou antes da educação física e inundou a pista de corrida, então não tive que correr no sol. Eu tinha planejado contar ao técnico Tinoco que tinha pegado uma doença rara na noite anterior, chamada *solzite*. Por isso, eu teria que usar óculos escuros, mangas compridas, calça e um chapéu para me proteger dos raios solares, eu diria, na esperança de que ele acreditasse em mim. Mas como a pista estava inundada, jogamos basquete dentro do ginásio. Algumas vezes, pulei muito alto ao arremessar na cesta. Senti que poderia ter pulado cinco vezes mais alto, mas não tentei muito, para que ninguém suspeitasse.

No meu caminho para a aula de canto, a última do dia, eu me senti muito cansado. Estava meio que arrastando os pés pelo corredor, com os braços pendurados ao lado do corpo. Uma criança me empurrou para fora do caminho, dizendo:

— Sai da frente, zumbi!

Quase dei risada.

No coral, o sr. Stockdale me puxou de lado para perguntar:

— Eu espero mesmo que você não decida uivar hoje, entendeu?

— Não vou. Prometo — respondi alto o suficiente para que a Annie, que estava por perto, pudesse ouvir.

Cantamos uma música e pouco antes de terminar, senti uma leve vontade de uivar, mas mordi a língua para evitar isso. Senti um pouco de sangue na boca. O que me deixou com muita sede.

Eu precisava conseguir um pouco de sangue. E rápido.

28.
O cientista louco e malvado

Assim que cheguei em casa, resolvi experimentar a ideia do Zeke para "tirar sangue de um bife". Encontrei um pedaço de costela de boi no congelador. Eu a estava puxando para fora quando a mamãe entrou.

— O que diabos está fazendo, Tom?

— Hã, eu estou... apenas pegando um lanchinho.

Ela riu.

— Um bife? Não, acho que não é o caso. — Ela o tirou de mim e guardou de volta no congelador.

— O que tem para o jantar, mãe?

Ela piscou.

— É uma surpresa.

Nunca é bom quando a mamãe pisca ou diz que algo é uma surpresa. Eu teria que descer mais tarde, depois que todos fossem dormir, e pegar o bife.

A mamãe me entregou uma maçã e perguntou:

— De quem é a vez de tirar o lixo?

— Da Emma.

— Não, não é! — a Emma gritou da sala de estar, onde *fingia* ler, porque eu tinha visto ela com o celular atrás do livro mandando uma mensagem de texto pra alguém. — É a vez do Tom!

— É a sua vez! — eu rebati. — Eu tirei na semana passada!

— Não, você não tirou — ela rebateu.

— Emma, você é uma mentirosa! Eu tirei na semana passada porque você disse que estava com dor de cabeça! Agora você terá de fazer isso nas próximas duas semanas!

— Parem de gritar! — a mamãe gritou.

A Emma entrou na cozinha, fingindo mancar.

— O meu tornozelo ainda dói bastante desde que o Tom me derrubou de manhã.

— Sua fingida!

— Tá bom, tá bom. — A mamãe suspirou. — Tom, tire o lixo esta noite. Emma, você tirará nas próximas três vezes.

— Sim, mãe. — A Emma sorriu com doçura.

Nem em sonho a Emma tiraria o lixo nas próximas três semanas. Ela já devia estar pensando em desculpas para escapar de novo.

Fui para o quintal, onde o Muffin latiu para mim e se escondeu atrás de uma árvore. Levei os tambores de lixo até a calçada. O professor Beiersdorfer estava do outro lado da rua levando os seus tambores de lixo também. Por algum motivo, ele tinha nove.

Por que um velho que morava sozinho teria tantos tambores de lixo?

O que ele estaria jogando fora?

E o que tinha enterrado no seu quintal na noite anterior?

Eu queria perguntar, mas não pude porque ele acharia que eu o estava espionando.

O professor Beiersdorfer usava barba e óculos pretos grandes e grossos, e tinha cabelo branco curto. Todos os dias eu o via com a mesma roupa: suéter vermelho, camisa branca, gravata, calça escura e botas de borracha pretas.

Acho que ele era da Alemanha, Suíça, Suécia ou algum lugar onde havia castelos e muita neve. Ele ainda tinha sotaque, embora vivesse aqui desde sempre.

Quando o Zeke e eu tínhamos seis anos de idade, a Emma disse: "O professor Beiersdorfer é um cientista maluco e malvado. Não deixem que ele pegue vocês ou ele os transformará em monstros robôs no seu laboratório secreto, para que ele possa dominar o mundo!"

Nós acreditamos nela.

Depois disso, toda vez que o via eu quase fazia xixi na calça. Eu fugia e me escondia ao vê-lo sair de casa. Costumava ficar acordado à noite na cama, com medo de que ele fosse me levar para o seu laboratório secreto. Tinha pesadelos com o professor transformando nós dois, eu e o Zeke, em robôs monstruosos. Quando a mamãe e o papai descobriram o que a Emma disse, eles a colocaram de castigo um tempão. "Mas valeu a pena", a minha irmã teve a cara de pau de dizer.

E o Zeke ficou triste quando descobriu que o professor Beiersdorfer não era um cientista maluco e malvado.

— Ah, poxa! Eu queria virar um robô!

○ ○ ○

Coloquei o primeiro tambor de lixo no meio-fio, e o professor Beiersdorfer acenou para mim do outro lado da rua.

— Boa noite, Thomas.

Acenei de volta.

— Oi, professor.

— Você está de volta à escola, certo? Como foi?

— Correu tudo bem.

— Olha, se algum dia precisar de ajuda em ciências, você sabe que pode me pedir ajuda, né? Tenho um excelente laboratório no... meu porão.

Mesmo sabendo que o professor não era um cientista maluco, ainda soou um pouco assustador quando ele disse isso.

— Sim, professor. Obrigado. Eu sei!

— Boa! — Ele olhou para o céu. — Haverá lua cheia esta noite. Isso significa que a Terra está localizada diretamente entre o sol e a lua. Deve ser lindo, né?

○ ○ ○

Eu tinha muito dever de casa pra fazer, o que era completamente injusto no segundo dia de aula. Era como se os professores estivessem em uma competição para ver quem iria nos fazer trabalhar mais. Eu podia imaginá-los sentados na sala dos professores, bebendo grandes xícaras de café e dizendo:

— Ei! Vamos todos dar uma tonelada de lição de casa esta noite!

— Sim! Boa ideia!

— Vou pedir uma redação de mil palavras!

— Eu pedirei um grande projeto de ciências!

— Mandarei que estudem para um teste de 50 perguntas!

— Eles terão de responder a cinco páginas de problemas de matemática!

— Eu odeio crianças!

— Eu também!

o o o

Eu tinha acabado de terminar o meu dever de casa quando a mamãe finalmente chamou para jantar. Eu estava morrendo de fome.

A Emma, o papai e eu nos sentamos. A mamãe segurava uma tigela grande com uma coisa verde saindo dela.

— Tenho um anúncio a fazer! — ela disse, com um sorriso no rosto.

Eu gemi. Os anúncios da mamãe são sempre ruins. Ela nunca fez um anúncio legal.

Dessa vez não foi diferente:

— Vamos começar a comer de forma mais saudável. Eu li um artigo muito interessante na semana passada e, de agora em diante, passaremos a comer comida vegetariana.

— O quê?! — falei em pânico. — Você quer dizer, nada de carne?

— Sim, bobão. — A Emma me encarou. — Isso é o que significa "vegetariano".

A mamãe jogou um tomate cereja na testa da Emma.

— Ai, mãe! Isso dói!

— Um tomate cereja não machuca ninguém, Emma. E não chame o seu irmão de bobão.

Emma pegou o tomate cereja e o colocou na boca.

— Mas ele é!

Vegetariano?! Como a mamãe pôde fazer isso comigo?! Seu filho era um vambizomem, e precisava de carne! Muita! O tempo todo!

— Vou tentar isso. — O papai deu um tapinha na barriga. — Talvez eu perca alguns quilos.

— Por mim, tudo bem. — A Emma deu de ombros. — Eu já sou, tipo, praticamente vegetariana.

A Emma sempre diz às pessoas que é vegetariana, embora coma hambúrgueres, frango e peixe. É que ela mente o tempo todo.

Eu tinha que impedir que isso acontecesse, e rápido.

— Hã... o meu professor de ciências nos disse hoje que era ruim ser vegetariano.

— Ah, é? — A mamãe começava a tirar os legumes da tigela. — Por quê?

— Porque... porque os nossos ossos precisam de carne ou... ou eles se dissolvem.

Eu não tinha ideia do que estava dizendo.

— O seu professor de ciências é louco — a Emma afirmou. — Quem é?

— O sr. Prady.

— Tive aula com ele. O sr. Prady é louco. E ele cheira a cachorro-quente.

Ela estava certa. O sr. Prady cheirava a cachorro-quente.

— Bom —, disse a mãe —, vamos tentar por pelo menos um mês.

Eu seria um vambizomem morto em cerca de uma hora se não comesse um pouco de carne. Eu estava morrendo de fome. E precisava de sangue. E esperava que a mamãe não tivesse jogado aquele bife fora.

Comecei a comer vegetais, macarrão, frutas e nozes, que era o nosso jantar.

— Como ficou o seu relatório sobre lobisomens? — a mamãe quis saber.

Quase engasguei com o pedaço de brócolis que me forçava a engolir. Então me lembrei de que o Zeke tinha dito à mamãe que estávamos fazendo um relatório sobre lobisomens.

— Ficou ótimo — falei.

— Eu gostaria de ler — disse a mãe.

— Eu também — o papai concordou. — Amo lobisomens.

Empurrei um cogumelo em volta do meu prato com o garfo.

— Tá... quando eu pegar de volta com o meu professor, mostrarei pra vocês.

Depois do jantar, liguei para o Zeke e disse que ELE tinha que escrever um relatório falso sobre lobisomens, sozinho, assim como o primeiro capítulo da nossa história em quadrinhos de vampiros, porque ambos foram SUAS ideias idiotas!

— Já comecei a história em quadrinhos! — ele disse. — É incrível!

Nem liguei. Precisava conseguir um pouco de carne e sangue. E rápido!

29.
O gosto do sangue

Três longas horas depois, quando a mamãe, o papai e a Emma estavam no andar de cima, em seus quartos, eu desci as escadas para a cozinha, descongelei o bife no micro-ondas e depois cozinhei por um minuto de cada lado. O Zeke me enviou um vídeo de como preparar bife em uma frigideira. Por alguma razão maluca, ele também me enviou um vídeo de vampiros dançando quadrilha.

A parte zumbi em mim queria apenas comer a coisa toda de uma vez, mas a parte vampira desejava o sangue. Eu não sabia o que a parte do lobisomem iria preferir.

Mastigar o osso? Decidi que primeiro espremeria o sangue, beberia e depois comeria a carne.

Corri para o meu quarto com a carne embrulhada em uma toalha de papel em uma das mãos e um copo na outra. Chutei a porta com o calcanhar pra fechá-la quando entrei. Liguei pro Zeke no viva-voz, porque ele disse que eu tinha que ligar quando fizesse aquilo, e então segurei o bife sobre o copo e o apertei.

— Está funcionando? — o Zeke quis saber.

Um pouco de sangue pingou do bife no copo.

— Está — respondi.

— Quanto sangue você conseguiu?

— Cerca de um quarto do copo.

— Beba!

— Certo... — Soltei a carne, peguei o copo e lentamente o levei até a boca. — Aqui vai...

Tomei um gole.

Engoli.

— Qual o gosto disso, Tonzão?

— Delicioso...

Bom, isso pode parecer totalmente nojento, mas foi a bebida mais deliciosa que já tomei na vida. Bebi o resto.

Então ouvi um rangido. Ao me virar, vi a Emma espiando pela fresta da porta, que eu *quase* fechara quando a chutei com o pé.

— Ai... meu... Deus... — ela sussurrou, se virou e correu.

Eu pulei da cadeira.

— Emma, espera!

Era tarde demais. Ela já estava correndo (algo que nunca faz) pelo corredor em direção ao quarto dos nossos pais. Antes que eu pudesse alcançá-la, ela bateu na porta, e mamãe disse:

— Entre.

A Emma abriu a porta, bem quando eu estava vindo atrás dela.

— O Tom está bebendo sangue!

A Mamãe e o papai, que estavam lendo na cama, não disseram nada no início. Então os dois começaram a rir.

— Eu não estou brincando! — disse a Emma com uma voz séria. — Acabei de vê-lo espremer o sangue de um pedaço de carne em um copo e beber.

Os nossos pais pararam de rir.

— Tom? Isso é verdade? — a mamãe quis saber.

Todos eles me encararam.

Tentei pensar em um motivo realmente inteligente para beber sangue.

Um experimento científico?

O treinador disse que o sangue me faria mais forte?

O Zeke me desafiou a fazer isso?

Eram todas desculpas muito idiotas.

○ ○ ○

Como manter aquilo em segredo? Eu não conseguia continuar inventando desculpas e explicações. Não poderia continuar mentindo, me escondendo, e fingindo para sempre. Morávamos todos na mesma casa. Eles iriam descobrir mais cedo ou mais tarde.

Assim, decidi que precisava contar a eles.

Eu iria revelar tudo.

30.
A verdade, toda a verdade, nada mais que a verdade

Fiz a mamãe, o papai e a Emma se sentarem na cama. Eu estava de pé, de frente para eles. Respirei fundo.

— Certo... Eu sei que vocês não vão acreditar nisso. Mas não estou inventando. Juro... Tudo começou na vó. Acordei de manhã e senti uma mordida no...

— Quanto tempo isso vai levar? — reclamou a Emma. — Eu tenho que ler dois capítulos de um livro estúpido sobre um cara estúpido que se transforma em uma barata estúpida.

— Quieta, Emma! — mamãe advertiu. — Continue, Tom.

— Eu senti uma mordida no pescoço quando acordei. A vó achou que era uma picada de aranha, e eu concordei...

— Vá para a parte boa! — a Emma interrompeu.

A mamãe fez a sua cara mais séria para a Emma.

— Pare. De interromper. Agora. — E virou-se para mim. — Vá em frente, filho. Não haverá mais interrupções de Emma, a menos que ela queira levar o lixo para fora durante todo o mês.

Assim, eu contei a eles tudo o que acontecera na vovó, no caminho para casa, no posto de gasolina, na escola, depois da escola e hoje. A Emma fingiu adormecer uma vez, e mamãe a beliscou.

Aí eu finalmente disse:

— Portanto... Eu sou um vampiro... e um lobisomem... e um zumbi.

Eles se mantiveram calados. Apenas olhavam para mim. Então, olharam um para o outro.

A mamãe sorriu.

O papai começou a rir.

A Emma começou a rir.

— Não é engraçado! — protestei.

Por algum motivo, isso os fez rir ainda mais.

— Eu não tô mentindo! — gritei.

Agora, os três gargalhavam, caindo uns sobre os outros e limpando as lágrimas nos olhos. Nunca os vi rirem tanto assim.

— ESTOU FALANDO SÉRIO! — tornei a gritar. Aquilo os assustou um pouco, e eles pararam de rir.

— Desculpe, Tom — mamãe falou. — Essa é a história que você está escrevendo para a escola? É muito boa...

— Não! Não é uma história!

— É uma pegadinha? — O papai sorria enquanto olhava ao redor. — O Zeke está se escondendo em algum lugar com uma câmera?

A Emma, que estava de pijama, também olhou ao redor, mas com desconfiança.

— É bom que ele não esteja!

— Ele não está! — garanti.

— Isso é, tipo, um grito desesperado e patético por atenção? — A Emma suspirou, entediada como sempre.

— Não! Não estou brincando, não estou mentindo, não estou inventando nada, eu juro. Sei que parece loucura, e também impossível...

— Você acha? — A Emma revirou os olhos.

— Me escutem! Eu acabei de explicar, é por isso que eu não estava na fotografia, por isso não consigo ver o meu reflexo; por esse motivo tenho presas, a minha pele é pálida e estou faminto o tempo todo.

A Emma deu um grande bocejo falso.

— Pare com isso, Emma. — Então a mamãe se virou para mim. — Tommy, você é um garoto normal de onze anos que tem uma imaginação fértil. Todos os seus sentimentos de ser diferente e estranho são perfeitamente normais para um garoto na pré-adolescência.

— Eu posso provar! — E fui até a porta. — Eu tenho uma superaudição. — Corri para o outro lado do corredor. — Sussurre alguma coisa!

— O que devemos sussurrar? — gritou papai.

— Qualquer coisa! — gritei de volta.

A Emma se inclinou para os nossos pais e murmurou:

— O Tom está louco e precisa ser colocado em uma instituição para doentes mentais.

— Eu não sou louco! — afirmei do corredor. — E não vou para uma instituição para doentes mentais!

— Você leu os meus lábios! — a Emma acusou.

— Não, não li! Cubra a boca com a mão e diga algo!

A Emma tapou a boca e falou bem baixinho:

— Posso, por favor, ir para o meu quarto e fazer a minha lição de casa, e aí vocês lidam com o louco de pedra?

— Não sou louco de pedra! — respondi, voltando para o quarto deles.

— Eu sei o que é isso — disse a mãe. — Acabei de ler um artigo interessante sobre pessoas com hiperacusia, que é essa superaudição.

— Não é isso! — Entrei no quarto. — Vampiros e lobisomens podem ouvir dez vezes melhor do que pessoas normais.

— Chega, cansei disso! — A Emma se levantou. — Boa noite.

Eu a empurrei de volta para a cama.

— Ei! — ela protestou.

— Não se mexa — falei.

— O que você está fazendo? — a mamãe perguntou.

— Apenas observe.

Eu me abaixei e segurei firme na cama, então a ergui, com os três em cima dela.

— Agora vocês acreditam em mim?

— Ah, não! — a mamãe gritou. — Você está usando esteroides!

— Eu não estou usando esteroides!

— Já sei! — O papai estalou os dedos. — É um truque de mágica! Você colocou algo embaixo da cama! Ah, eu também queria ser mágico...

— NÃO É UM TRUQUE DE MÁGICA!

Pus a cama no lugar.

— Tá bem. — Emma cruzou os braços. — Se você é um vampiro, transforme-se em morcego.

Por que ela tinha que me pedir justo isso?

— Não consigo. Ainda não aprendi como fazer.

— Nesse caso, acho que você precisa ir para a escola dos vampiros. — Emma fez uma careta.

O papai examinava embaixo da cama.

— Cadê o aparelho da mágica? Não consigo achar.

A Emma tornou a ficar de pé.

— Bom, vou procurar uma clínica de loucos para mandarmos o Tom.

— Eu NÃO estou inventando isso! — afirmei.

A mamãe estendeu o braço e pegou a minha mão.

— Tommy... querido, talvez devêssemos ligar para alguém para conversar com você. Como um conselheiro ou terapeuta.

— O que eu tenho que fazer para que acreditem em mim? — E de repente, senti algo estranho nos braços. E então nas pernas. E no rosto. O meu corpo todo formigava. Olhei pela janela e vi a lua cheia subindo por entre as árvores.

E foi quando me transformei em lobisomem pela primeira vez.

31.
Uma fera no quarto

Senti pelinhos surgindo em todo o meu corpo. Puxei as mangas da camisa e vi pelos crescendo nos meus braços. Os músculos começavam a crescer. Não fazia ideia do quão grande eu iria ficar, por isso desabotoei a camisa muito rápido e a tirei. Era uma camisa nova em folha, e eu sabia que mamãe me mataria se ela rasgasse.

Os pelos eram meio nojentos, mas os músculos dos braços eram incríveis. Fiquei fortão! E não tive que ir a uma academia e levantar pesos todos os dias durante um ano.

Toquei o meu rosto. Estava cerca de trinta por cento peludo. As minhas orelhas pareciam um pouco maiores. Abri a boca e senti os meus dentes. Eram um pouco maiores e mais afiados. Acho que não me transformei em um lobisomem completo porque era apenas um terço lobisomem.

Estava realmente feliz por ser o tipo de lobisomem que fica de pé sobre duas pernas, como uma pessoa. Eu não teria que andar de quatro por aí.

Nesse meio-tempo, a mamãe desmaiou, caindo de volta na cama.

O papai permaneceu sentado ali, congelado como uma estátua, com um sorriso estranho no rosto.

A Emma parecia querer vomitar.

Inclinei a cabeça para trás e soltei um grande uivo. Foi ainda mais alto do que aquele no coral. Não sei se uivei porque é isso que os lobisomens fazem quando se transformam ou por ter ficado aliviado por saber que agora eles teriam que acreditar em mim.

A mamãe abriu os olhos e se sentou. O papai descongelou, e o seu sorriso meio insano desapareceu. A Emma fechou a boca. Que bom que ela não vomitou!

— *Agora* vocês acreditam em mim?

Eles concordaram devagar com a cabeça.

— Desculpe... sentimos muito por não termos acreditado — a mamãe sussurrou. Parecia que ela ia chorar, mas não chorou. Porém, seus olhos ficaram cheios de água.

Dei de ombros.

A mamãe sempre tenta dizer algo bom, mesmo quando acontecem coisas ruins. Achei que ela não teria nada de bom pra dizer nessa situação, mas ela tentou.

— Tom... seus pelos são muito macios. — A mamãe tentou sorrir.

Passei a mão no meu braço. Eram macios mesmo.

— Você quer passar a mão? — Fui em direção à cama, e todos eles se inclinaram para trás, com cara de aflitos. — Pessoal, não vou machucar vocês.

O papai sorriu.

— Claro, claro, eu sei disso.

Estendi o braço, e mamãe timidamente o acariciou.

— Isto é... muito macio — ela repetiu.

O papai afagou o meu braço também.

— Uau... Isto é... Venha aqui, Emma.

— Ai, credo, de jeito nenhum! — Ela chacoalhou a cabeça. — Não quero tocar em nenhum animal selvagem.

— Ele não é um animal selvagem — a mamãe a repreendeu. — Ele é seu irmão.

— Qual é a diferença? — A Emma torceu o nariz.

— Olhe para os braços dele! — O papai disse. — Eu costumava ter músculos assim.

— Querido, você nunca teve músculos assim — a mamãe o corrigiu.

— Tive sim! — o papai rebateu.

— Ah, meu Deus, pessoal, qual o problema de vocês? — a Emma interrompeu. — Temos uma fera parada na nossa frente! E ela tem *garras*!

Ao olhar para as minhas mãos, vi pequenas garras nas pontas dos dedos. E pareciam afiadas. Eu poderia causar sérios danos com elas.

— E vejam os dentes dele! — a Emma continuou. — E as orelhas! Ele é muito nojento!

— Pare com isso, agora, Emma! — a mamãe ordenou. — Tom, você é um lobisomem muito bonito.

— Devemos colocar alguns jornais no chão? — A Emma ergueu as sobrancelhas. — Quero dizer, sério, ele pode não ser domesticado.

— Não vou fazer xixi no tapete! — Olhei feio pra ela.

— Como ter certeza disso? — a Emma perguntou. — Quem sabe o que você vai fazer?

Pareceu de novo que a mamãe ia começar a chorar, mas de novo ela segurou.

— Tom... Queremos que você saiba que, embora você seja... bem... diferente agora...

— Diferente?! — a Emma a interrompeu. — Ele é uma aberração monstruosa e mutante!

A mamãe se virou para a Emma e a encarou.

— Mocinha, não chame o seu irmão de aberração monstruosa e mutante! Peça desculpas a ele ou você estará com um mundo de problemas! — A mamãe pode ser assustadora quando quer.

A Emma recuou:

— Desculpe.

— Como eu dizia, mesmo que seja um vampiro e um lobisomem e um zumbi... você é nosso filho, e sempre o amaremos.

Eu meio que sabia que a mamãe ia dizer isso, mas ainda assim era bom ouvir.

O meu pai também tentou fazer com que eu me sentisse melhor:

— Sabe, Tom, eu queria ser um vampiro quando tinha a sua idade. O Drácula tinha uma capa legal e um monte de mulheres bonitas junto dele.

A mamãe olhou para ele, mas o papai não se deu conta e continuou falando:

— E eu também não me importaria em ser um lobisomem! Eles são fortíssimos, podem correr à noite e assustar as pessoas. E um zumbi... — Ele parou e balançou a cabeça. — Tenho que ser honesto, eu nunca quis ser um zumbi. Eles são muito nojentos.

A mamãe lançou para o papai um pouco do seu olhar bravo.

— Seu *filho* é um zumbi!

— Um terço zumbi — eu corrigi.

A Emma percebeu que era seguro falar novamente:

— Alguém mais sabe sobre isso?

— Apenas o Zeke — afirmei. — E ele acreditou em mim na hora! Não tive que me transformar em um lobisomem para provar! — Eu esperava que isso os fizesse se sentir mal, mas não fez.

— Claro que ele acreditou. — A Emma ergueu os ombros. — Você poderia dizer ao Zeke que se transformou em uma barata e ele acreditaria em você! Falando nisso... — Ela consultou o relógio. — Ainda tenho que ler dois capítulos daquele livro estúpido sobre baratas esta noite.

— Emma, acho que o fato de o seu irmão ser um vampiro-lobisomem-zumbi é mais importante.

— Tudo bem, mãe. Mas se eu for reprovada nessa matéria, não entrarei na faculdade e não vou conseguir um bom emprego, e aí vocês terão que me sustentar pelo resto da vida! — A Emma sempre faz tudo girar em torno dela.

O papai suspirou.

— Bom... Acho que essas coisas acontecem.

— Não, não acontecem, pai! Quem você conhece que foi mordido por um vampiro, por um lobisomem e por um zumbi?

— Ahn... ninguém que eu conheça pessoalmente — ele admitiu.

A mamãe começou a andar de um lado para o outro.

— O que devemos fazer? Ligar para alguém?

— Para quem ligaríamos? — perguntei. — Para a linha direta de Ajuda ao Vampiro-Lobisomem-Zumbi?

— Façamos o seguinte — a Emma falou. — Primeiro, precisamos amarrar essa coisa no porão.

— Não chame seu irmão de coisa!

— Não podemos deixá-lo correr solto e livre por aí, mãe!

— Nós não vamos amarrá-lo, Emma!

— Está bem, mas se ele sair correndo pela vizinhança mordendo, devorando e sugando o sangue das pessoas, vou dizer: "Eu avisei."

— Ele não fará isso — o papai garantiu. Então, virou-se para mim. — Não é mesmo, Tom?

— Não sei. — Olhei pra Emma. — Talvez eu morda quem não é legal comigo.

A Emma apontou o dedo pra mim.

— Nem pense em me morder!

Decidi uivar, apenas para assustá-la.

— Thomas! Não uive para a sua irmã! — a mamãe me repreendeu.

— *Juro* que se você tentar me morder eu te mato! — Emma me encarava.

— Parem com isso, vocês dois! — a mamãe mandou.

O papai levantou a mão para chamar a atenção de todos.

— Na verdade, já que o Tom é um vampiro e um zumbi, acho que ele é um dos "mortos-vivos". Sendo assim, tecnicamente, você não pode matá-lo, Emma.

— Na verdade, é possível — eu contrapus. — Uma estaca de madeira no coração pode matar um vampiro, uma bala de prata pode matar um lobisomem e, se você cortar a cabeça de um zumbi ou enfiar algo no cérebro dele, poderá matá-lo também.

— Temos alguma estaca de madeira na garagem? — a Emma quis saber.

— EMMA! — a mamãe gritou. — Isso não é engraçado. — E voltou a se sentar na cama. — Precisamos descobrir com calma o que fazer.

— Talvez haja uma escola especial para a qual possamos mandar Tom — a Emma comentou. — Uma que seja muito, muito, muito longe.

A mamãe balançou a cabeça.

— Não vamos mandar o Tom a lugar nenhum. Ele ficará aqui, irá para a escola e fará todas as coisas que qualquer outro menino de onze anos faz.

— Mãe... — A Emma respirou fundo. — Garotos de onze anos fazem um monte de coisas asquerosas, mas não saem por aí comendo gente e bebendo o seu sangue!

A mamãe se voltou pra mim, parecendo um pouco preocupada.

— Tom, você não comeu nem mordeu ninguém, né?

— Não, mãe. Mas, por falar em comer, estou morrendo de fome!

32.

Garoto Cenoura

Todos nós descemos para a cozinha. Eu comi o bife e um restinho de peixe que tinha em casa. O papai fez um pouco de café, e a Emma se acomodou em uma cadeira com a sua cara de "estou muito brava com todo o mundo".

A mamãe se sentou e começou a tamborilar na mesa.

— Tom, acho que você deveria ficar em casa amanhã, para que possamos fazer planos.

Ficar em casa e não ir pra escola? Gostei dessa ideia.

— Eu tenho um plano. — Emma ergueu o dedo. — Que tal doar o Tom para algum lugar de pesquisa médica para que eles possam fazer experimentos? Aposto que vão nos pagar uma grana alta.

A mamãe olhou pra Emma.
— É melhor que esteja brincando, mocinha.

— Estou, mãe. Mas podemos pelo menos ligar para um lugar para ver quanto eles nos pagariam?

A mamãe a ignorou e prosseguiu:

— Nós não vamos contar a ninguém sobre isso até que tenhamos descoberto exatamente o que fazer.

— Não conte ao Lucas Barrington! — falei pra Emma.

Ela me encarou como se fosse me degolar.

— Quem é Lucas Barrington? — a mamãe quis saber.

— É o Garoto Cenoura? — o papai perguntou. — Aquele que parecia uma cenoura e costumava cortar a nossa grama?

— Ele NÃO se parece com uma cenoura! — a Emma retrucou. — Ele é legal.

A mamãe sorriu pra minha irmã.

— Alguém tem um namorado novo?

— Não! — afirmou a Emma, a Rainha dos Mentirosos. — Mesmo se ele fosse meu namorado, na certa terminaria comigo agora por causa do Tom! Ninguém vai querer mais ser meu amigo! Muito obrigada, Tom. Você acabou de arruinar totalmente a minha vida!

Ela se levantou e saiu.

A mamãe se esticou por sobre a mesa e deu um tapinha na minha mão. Ou foi na minha pata?

— Ela não quis dizer isso, Tom.

Até parece! Claro que a Emma quis dizer aquilo.

o o o

Ligamos pra vó pra contar a novidade. Ela também achou que era uma piada. Foi difícil convencê-la. Tentamos mostrar como eu estava, como um lobisomem, fazendo uma chamada de vídeo com o celular. Não funcionou. Foi igual quando a mamãe tirou uma foto minha e da Emma com o seu telefone no primeiro dia de aula. Acontece que não é possível tirar uma foto ou gravar um vídeo de um vampiro. É porque eles não são realmente humanos ou são mortos-vivos ou não têm alma ou algo assim.

A mamãe pegou o celular e falou, muito séria:

— Mãe, juro pelo túmulo do papai que isso é real.

Então foi a minha vez de falar, e eu jurei que não estávamos inventando aquilo. Isso a convenceu. A vó chorou um pouco e disse:

— É tudo culpa minha.

— Não é culpa sua, vó!

— É sim, Tom. Você estava comigo quando foi mordido. Você era minha responsabilidade. — Sua voz ficou mais baixa: — Você... virá me visitar de novo algum dia?

— É lógico que sim, vó!

Mas eu não tinha certeza disso. Vai saber o que poderia estar esperando na floresta para me morder...

— Nós vamos superar isso, Tommy — a vovó garantiu. — E se houver algo que eu possa fazer pra ajudar, e quero dizer *qualquer coisa*, é só me ligar. A qualquer momento. vinte e quatro horas por dia, 365 dias por ano e 366 no ano bissexto. Se as coisas ficarem muito difíceis para você por aí, e quiser ficar comigo por um tempo, pode vir.

— Obrigado, vó.

o o o

Era muito tarde, quase meia-noite, quando todos finalmente foram para a cama. Foi quando decidi assustar a Emma. Se eu tinha que ser um vambizomem, merecia me divertir. E a Emma merecia isso por todas as vezes que me assustou quando eu era pequeno. Além de me dizer que o professor Beiersdorfer era um cientista maluco, ela também:

1. Colocou uma boneca de aparência assustadora em tamanho real na minha cama quando eu estava dormindo, com uma faca ensanguentada na mão. Quando acordei, eu a encontrei olhando pra mim.
2. Disse que o mundo ia explodir à meia-noite na véspera de ano-novo, pouco antes de todos os fogos de artifício estourarem.
3. Se escondeu no meu armário e pulou gritando comigo um milhão de vezes.
4. Se escondeu embaixo da cama e rosnou logo antes de eu dormir.
5. Colocou uma máscara de bruxa e me perseguiu pela casa.

A Emma merecia *muito* ser assustada.

Saí pelo corredor escuro até a porta do quarto dela. Me abaixei e espiei pelo buraco da fechadura.

Como a Emma estava com todas as luzes acesas, pude ver que ela tinha apoiado a cadeira contra a porta; então, não dava para abrir. Ela esqueceu que eu poderia facilmente derrubar aquela porta? No entanto, eu sabia que o papai ficaria bravo se fizesse isso, e teria que pagar por uma nova. Eu não tinha muito dinheiro, porque o Zeke tinha me convecido a comprar um jogo chamado *Coelhos ao ataque*. Era o pior game já inventado: apenas alguns coelhos jogando cenouras uns nos outros e depois comendo as cenouras.

Por que eu escuto o Zeke?

o o o

Pelo buraco da fechadura, pude ver a Emma dormindo na cama, com a boca aberta. Eu não sabia se ela estava babando ou não, mas aposto que sim.

Ela segurava o meu velho taco de beisebol em uma das mãos. Na outra, uma daquelas estacas de jardim que a minha mãe amarra em árvores recém-plantadas para que cresçam em linha reta. Era feito de plástico, então não funcionaria em um vampiro. A Emma é tão idiota...

E também pregou um pouco de alho na cabeceira da cama. Ela não ia dar sopa pro azar. Mas, sejamos francos, se ela tivesse se transformado em um vambizomem, eu teria feito o mesmo.

Ouvi um chiado. Era o rato de estimação da Emma, o Terrence, correndo em sua roda, dentro da gaiola, na cômoda dela. De repente, ele parou de correr e olhou para a porta. Parecia estar olhando diretamente pra mim, pelo buraco da fechadura.

    Decidi não assustar a Emma. Além disso, ela tinha alho na cama, e eu não queria ficar doente. Sentia-me muito cansado. Poderia fazer isso outra noite. Eu seria um vambizomem por um longo tempo ainda.

33.
Carne, óculos e protetor solar

Quando acordei na manhã seguinte, não era mais um lobisomem, o que foi um alívio. A mamãe preparou um desjejum gigantesco pra mim: panquecas, ovos, bacon, torradas e cereais. Ela estava cansada, porque ficara acordada até tarde lendo sobre vampiros, lobisomens e zumbis.

O papai ligou para o chefe dele e disse que precisava de um dia de folga, então ele não teria que ir trabalhar.

— Não dormi nada esta noite! — reclamou a Emina. (Cutra de suas trocentas mentiras. Eu a vi dormindo.) — Tive medo de que o Tom pudesse entrar e me comer.

— Eu não comeria você nem que fosse o último pedaço de comida na face da terra! — afirmei.

— Calma, vocês dois! — a mamãe pediu. — Emma, erga a mão direita.

— O quê? Por quê?

A mamãe agarrou a mão direita da Emma e a levantou no ar.

— Repita comigo: juro que NÃO falarei a ninguém, nem mesmo à Pari ou ao Garoto Cenoura...

— O nome dele não é Garoto Cenoura!

— Desculpe. Repita: juro que NÃO falarei a ninguém, nem mesmo à Pari ou ao Lucas, sobre o Tom.

A Emma revirou os olhos.

— Juro que não vou contar a ninguém sobre o meu irmão tonto, louco, nojento, esquisito, que se deixou morder por um vampiro, um lobisomem e um zumbi!

No caminho para fora, a Emma gritou da porta:

— Vou procurar uma nova família para me adotar!

o o o

O papai foi ao supermercado e comprou muita carne pra mim. A minha mãe disse que eu não precisaria ser vegetariano, o que era incrível. O papai também me comprou alguns óculos de sol extras e uma caixa inteira de protetor solar. Havia, tipo, cem tubos em uma caixona. Além disso, ele me trouxe dois bonés novos, simples, sem imagens ou palavras, com eu tinha pedido.

Quando a Emma voltou da escola e viu tudo o que o papai tinha comprado para mim, ficou brava.

— Ei! Também quero chapéus e óculos de sol novos!

— Você não entra em combustão no sol — retruquei.

Ela fez sua cara de sempre.

— Isso é tão injusto!

Então, o papai me deu um celular novo em folha.

— Aqui, Tom. Isso deve ser usado apenas em caso de emergência.

Achei que a Emma fosse explodir.

— Ah, meu Deus! Estão de brincadeira comigo? Vocês me deram um celular só quando completei dezesseis anos! Ele só tem onze!

— Como é? — A mamãe pôs as mãos na cintura. — Será que um vampiro, um lobisomem e um zumbi morderam você aos onze anos?

— Não, mãe! Mas... mas se eu soubesse que vocês me dariam um telefone, bem que gostaria de ter sido mordida.

○ ○ ○

Depois de conversar durante horas, a mamãe e o papai decidiram que iríamos para a escola no dia seguinte e contaríamos a todos o que tinha acontecido em uma assembleia especial. Assim, resolveríamos tudo de uma vez. Eu não tinha tanta certeza sobre o plano, mas concordei, desde que não precisasse dizer nada.

— Emma, você quer participar da assembleia também?
— Tá de brincadeira, mãe?! Nem pensar! Estarei escondida em um buraco profundo e escuro!

A mamãe e o papai ligaram para o diretor Gonzales e também para o prefeito Lao, com quem a minha mãe fez faculdade. Eles pediram aos dois que fossem à nossa casa às quatro e meia em ponto, para ver algo que era "extremamente importante" para a escola e a comunidade. Os meus pais não lhes disseram pelo telefone que eu era um vambizomem, pois queriam que eles me vissem me transformar em um lobisomem na sua frente, para que não pensassem que éramos loucos.

○ ○ ○

O diretor Gonzales é alto e magro, tem muito cabelo e sorri bastante. Foi esquisito vê-lo na nossa sala de estar. O prefeito Lao tem estatura mediana e cabelo curto e escuros. Ele estava usando um terno igual ao que o Abel usava no primeiro dia de aula. O sr. Lao parecia mais um espião do que um prefeito.

Eles se sentaram no nosso sofá. A Emma estava espiando da mesa de jantar, fingindo fazer o dever de casa.

Quando os meus pais começaram a contar a história toda, o diretor Gonzales sorriu, e o prefeito Lao olhou para o relógio. Era óbvio que eles não acreditavam em nada daquilo.

E então o sol se pôs.

Quando me transformei em um lobisomem, o diretor Gonzales começou a respirar muito rápido. Achei que ele fosse desmaiar.

O prefeito Lao ficava repetindo:

— Meu Deus! Meu Deus! Meu Deus! Meu Deus!

Decidi erguer o sofá, com os dois sentados nele, para mostrar o quão forte eu era.

Então, nós os convencemos de que não éramos loucos. Os meus pais contaram a eles a ideia de realizar uma assembleia no dia seguinte, na escola.

O diretor Gonzales disse:

— Parece bom para mim. Vou providenciar.

O prefeito Lao completou:

— E eu ligarei para a tevê local para transmitir a assembleia, para que toda a cidade também fique sabendo do Tom.

Assim que Emma ouviu isso, ela praticamente correu para a sala, dizendo:

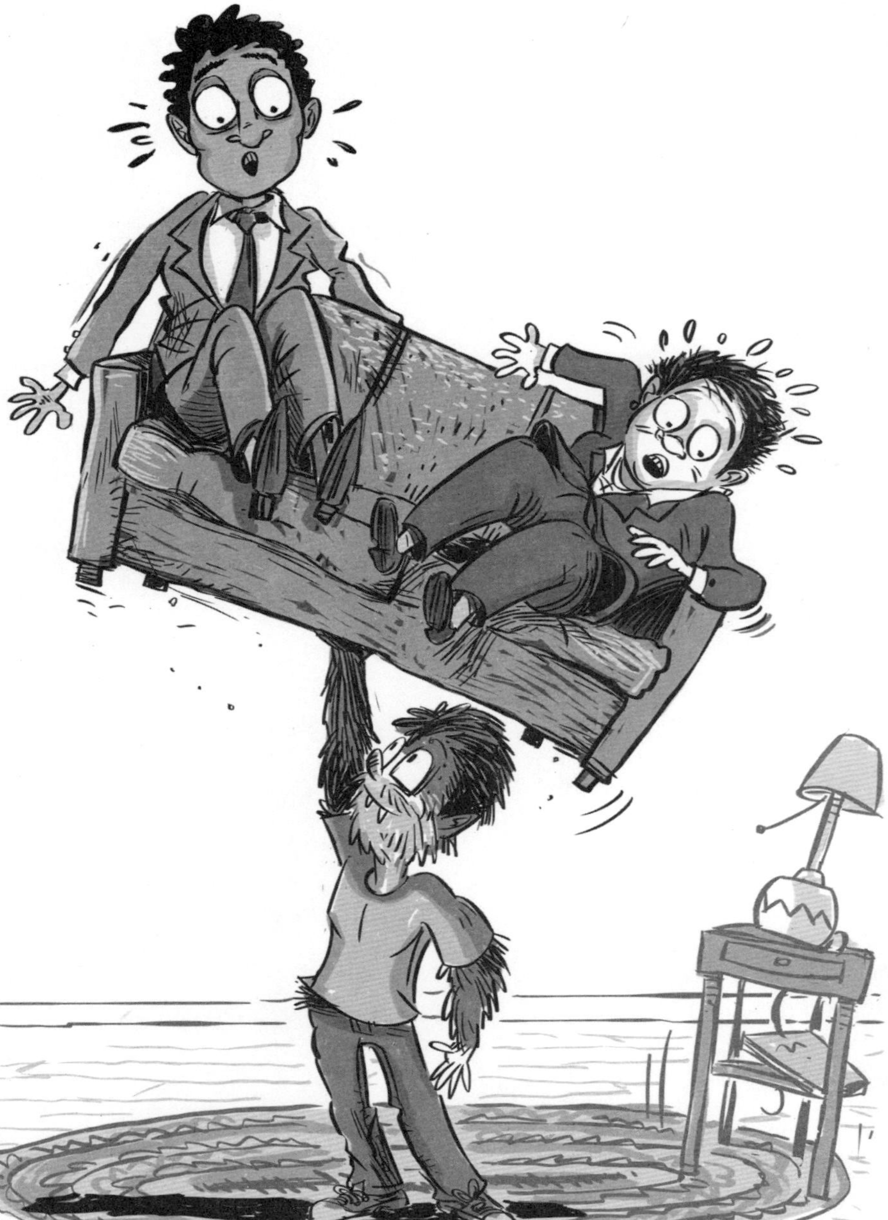

— Mãe? Papai? Eu pensei muito sobre essa situação, e creio de todo o coração que devo estar na assembleia com o Tom, para apoiar o meu querido irmão neste momento tão importante da sua vida.

Parecia até que havia algumas lágrimas nos olhos dela. Tenho que admitir, a Emma pode ser uma atriz muito boa quando quer. Então, ela se virou para a mamãe e falou:

— Você acha que eu deveria usar o meu vestido preto novo ou o vermelho que comprei no meu aniversário?

A Emma não tem absolutamente nenhuma boa qualidade.

o o o

Antes de dormir, a mamãe veio ao meu quarto e sentou-se na cama.

— Tom, os primeiros dias na escola vão ser difíceis, até as pessoas se acostumarem com você, mas vai melhorar. Eu prometo.

Os meus primeiros dois dias no ensino médio não foram exatamente fáceis, e isso quando todos pensavam que eu era apenas uma criança normal e chata. Agora eu tinha que ir para a escola como um vambizomem.

Como é que as coisas poderiam melhorar?

34.
Isso não é uma piada

A assembleia foi agendada para a manhã seguinte, no grande auditório. Ninguém sabia do que se tratava, pois o prefeito e o diretor nada revelaram. Esperei fora do palco com os meus pais e a Emma, que ficava ajustando o vestido, penteando o cabelo e se olhando no espelho. Pudemos ouvir as pessoas se animando ao ver as câmeras de tevê. Eu espiei pela cortina. A escola inteira estava lá, todos os professores, alunos, funcionários da cantina; até mesmo o zelador mal-humorado, encostado na parede, bocejando.

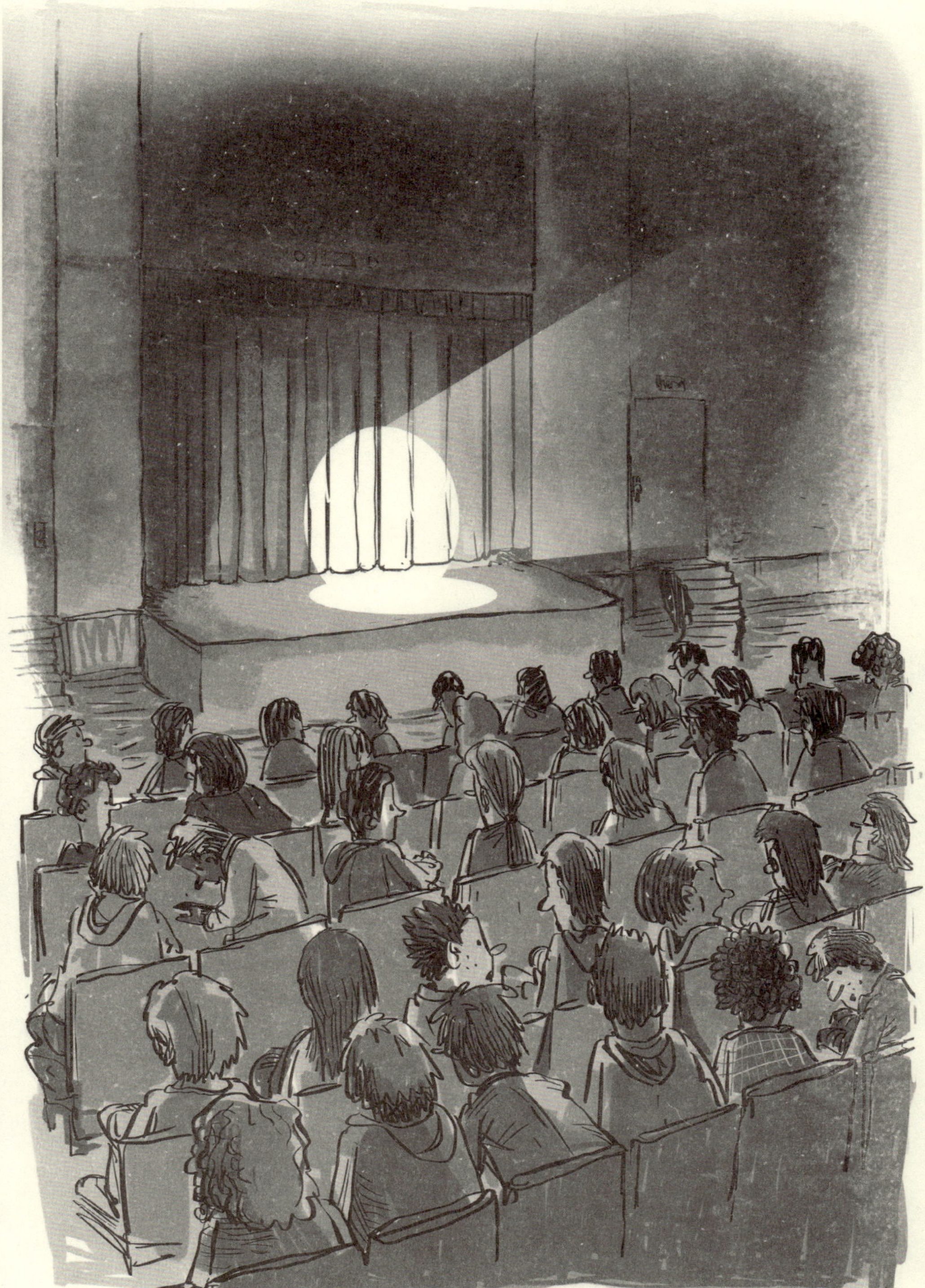

O diretor Gonzales veio até nós e perguntou:

— Prontos?

A mamãe e o papai olharam para mim, e eu concordei.

O diretor Gonzales subiu ao palco sozinho, bateu no microfone e limpou a garganta.

— Bom dia — ele falou. — O lema do Colégio Hamilton é *Grata Sint Omnia*, que em latim significa "Todos são bem-vindos". Acreditamos nesse lema cem por cento aqui no Hamilton. Todos os alunos são bem-vindos. E é disso que trata a assembleia de hoje. Algo extraordinário aconteceu a um dos seus colegas. Vocês não vão acreditar de cara. Eu também não acreditei, no começo. Mas é verdade.

Ele enfiou a mão no bolso do casaco e tirou alguns pedaços de papel que estavam grampeados. Os meus pais tinham escrito um discurso para ele, explicando a maior parte das coisas que aconteceram comigo. O diretor começou a ler. No início, dava para ver a confusão das pessoas. Foi como quando eu contei para a minha família. Alguns acharam que era uma piada, e o diretor Gonzales teve que mandar que todos ficassem quietos algumas vezes.

Então o prefeito Lao apareceu e me chamou. Eu respirei fundo e entrei no palco. As luzes estavam muito fortes, então não pude ver o público muito bem, mas avistei o Zeke. Ele fez sinal de joia pra mim. Procurei a Annie, mas não consegui vê-la. Os meus pais e a Emma seguiram atrás de mim. A Emma sorriu e acenou para as câmeras de tevê.

Infelizmente, não pude me transformar em um lobisomem porque não era noite. Eu tentara me transformar em um morcego de novo, naquela manhã, mas ainda não dera certo. Talvez nunca desse.

O diretor Gonzales continuou:

— Mais uma vez, isso não é uma piada. Não é uma brincadeira. Isso é real. Tom Marks é um vampiro...

Eu ouvi uma garota na primeira fila sussurrar para a sua amiga:

— Vampiros são incríveis!

Talvez isso não fosse uma coisa tão ruim, hein?

O diretor Gonzales continuou:

— E o Tom também é um lobisomem.

Eu ouvi a mesma garota sussurrar:

— Lobisomens são gostosos!

Isso pode ser uma coisa muito boa.

O diretor Gonzales acrescentou:

— E o Tom também é um zumbi.

Eu ouvi a garota dizer:

— Eca! Zumbis são nojentos!

Não ia ser uma coisa boa.

— Resumindo, o Tom Marks é um vambizomem. — O diretor Gonzales apontou o dedo para o público. — Agora, assim como qualquer outro aluno aqui no Hamilton, o Tom Marks não deve ser ridicularizado, atacado, xingado ou humilhado... por ninguém. Bullying não é o que fazemos no Hamilton.

Eu só queria que aquilo acabasse. Estava pensando seriamente que deveria ir morar com a vó. Ou me mudar para outra escola. Ou fugir. Mas para onde eu iria?

Então, o diretor Gonzales perguntou:

— Alguma pergunta?

As luzes foram acesas no auditório, e cerca de um milhão de mãos se levantaram.

— Você pode se transformar em um morcego?

— Quantas pessoas você já devorou?

— Onde está a sua capa?

— Você dorme em um caixão?

— Que gosto os humanos têm?

— O que você vai ser no Halloween?

— Você vai me morder?

— Por que você não pode se transformar em um morcego?

— Você pode uivar?

— Mostre-nos as suas presas!

— Você vai comer alguém?

— Você vai começar um apocalipse zumbi?

— Qual é o gosto do sangue?

— Posso pegar o seu autógrafo?

— Você pode me morder, mas só um pouco, para que eu me transforme em um vampiro, mas não em um lobisomem ou zumbi?

— Os meus pais contrataram um mágico para a minha festa de aniversário neste sábado, mas ele não poderá comparecer. Você poderia ir no lugar dele?

— Tem certeza de que não pode se transformar em morcego?

O sinal tocou.

O diretor Gonzales disse:

— Vocês todos estão dispensados do primeiro período, e tenham um ótimo dia!

Finalmente, acabou, e eu saí do palco. A Emma sorriu, curvou-se e acenou para todos. Quando chegamos aos bastidores, a mamãe e o papai me abraçaram.

— Posso te pegar na escola hoje, se você quiser, querido — a mamãe sussurrou.

— Não, obrigado. Eu volto de ônibus.

— Ligue pra gente se houver algum problema — o papai falou.

Como não haveria problemas?

• • •

A primeira pessoa que vi quando saí do auditório foi o Quente Cachorro, que me disse:

— Cara! Faça alguma coisa!

— Tipo o quê?

— Não sei. — Ele encolheu os ombros. — Transforme-se em um morcego.

Por que todos queriam que eu me transformasse em um morcego?

— Não posso me transformar em morcego, e foi o que eu falei na assembleia um milhão de vezes.

— Que droga... — O Quente Cachorro chacoalhou a cabeça. — Ei! Posso levar algumas pessoas para a sua casa esta noite e assistir você se transformar em um lobisomem?

— Não!

O Quente Cachorro foi embora parecendo bravo.

Uma garota se aproximou e pediu para tirar uma foto. Eu disse que a minha imagem não apareceria, mas ela fotografou mesmo assim, e se foi toda brava quando não conseguiu me ver.

O Zeke veio correndo até mim.

— Trabalho incrível, Tonzão!

— Eu não fiz nada, Zeke.

— Ei! Veja isso! Vai ser incrível! — Ele puxou um caderno da mochila.

Era a história em quadrinhos que o Zeke havia começado, aquela sobre a qual falou à sra. Troller.

— Zeke, você não precisa mais fazer isso, todo o mundo sabe o que eu sou, agora.

Ele não se importou.

— O título é *As Novas Aventuras Incríveis de Tim, o Vambizomem* — disse o Zeke.

Como eu esperava, os desenhos eram muito ruins. Pelo menos o Tim não se parecia em nada comigo. Porém, ele também não parecia um vambizomem, e sim um grande coelho marrom, com presas e uma espinha no queixo, vestindo uma capa. E sei lá por que, ele carregava um banjo.

— E qual é a do banjo, Zeke?

— Eu amo banjos!

○ ○ ○

À medida que eu caminhava pelo corredor, quase todos iam saindo do caminho e mantendo distância. Algumas crianças olharam para mim, outras fingiram não olhar e algumas nem olharam. Umas sussurravam quando eu passava e outras pareciam assustadas.

Fui para o meu armário; o Abel estava parado lá, segurando dois quadrados de carpete de cores diferentes, analisando um e outro. Ele usava um terno azul. Quantos ternos aquele garoto tinha?

— Bom dia, sr. Marks. Você prefere o carpete marrom ou o roxo? Estou pensando em mudar o esquema de cores, e quero a sua opinião.

— Hã... não sei.

O Abel agia como se nada tivesse acontecido. Como se fosse apenas mais um dia na escola e o seu parceiro de armário não fosse um vambizomem.

— Você foi à assembleia, Abel?

— Sim, de fato fui. Décima sexta fileira, no corredor, no meio. Incrível vista do processo.

— Quer dizer que... você sabe o que eu sou?

— Claro. — Ele acenou com a cabeça e ergueu as duas amostras. — Não consigo decidir. Deixo o veredicto para você. Marrom? Ou roxo?

— Tanto faz. Então, você não se importa que eu seja um vambizomem?

— Todos têm que ser alguma coisa, sr. Marks. Eu sou um terço irlandês, um terço norueguês e um terço espanhol. Imaginei que você pudesse ser um vampiro e talvez um lobisomem quando apertei a sua mão no nosso primeiro dia.

De repente eu me lembrei. No primeiro dia de aula, quando apertamos as mãos, o Abel me disse: "Seu segredo está seguro comigo."

O Abel continuou:

— Mas eu não tinha ideia de que você era um zumbi também. Gosto de uma boa surpresa de vez em quando.

— E você não se importa em compartilhar um armário comigo?

— Por que eu deveria? — Ele guardou um dos pedaços de carpete no fundo do armário. — Ficarei com o roxo. Nos vemos mais tarde! Esperançosamente na hora do almoço? — E saiu, assobiando.

Observando o Abel indo embora, me ocorreu que ele não era mais o garoto mais estranho da escola — *eu* era.

Sem dúvida.

Sem competição.

Com toda a certeza.

E eu seria a criança mais estranha para sempre.

Ao guardar alguns livros no armário, notei que o Abel havia escrito um novo ditado no quadro branco:

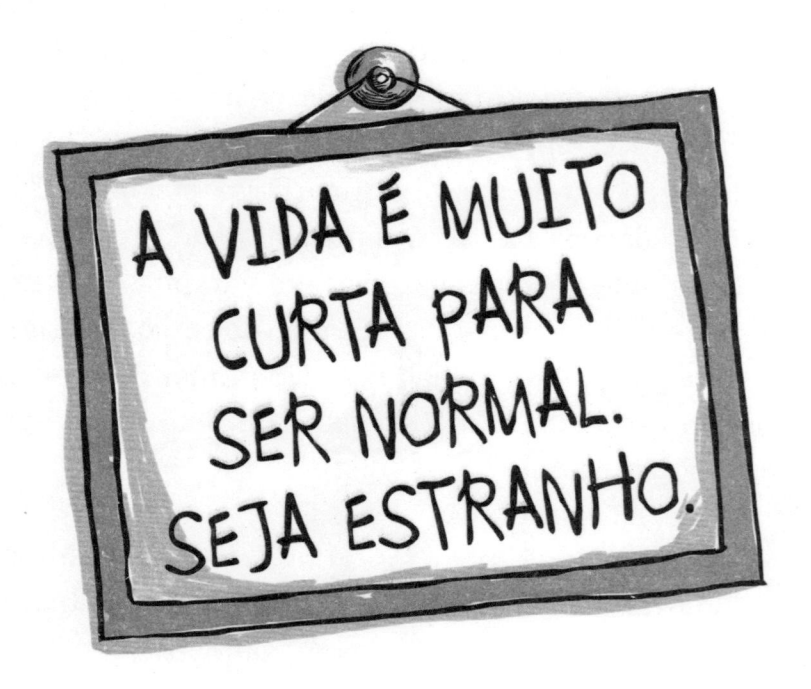

> A VIDA É MUITO CURTA PARA SER NORMAL. SEJA ESTRANHO.

Quem quer que tenha dito isso, não era um vambizomem. Segui adiante, para a minha aula. Quando virei no corredor, dei de cara com o Tanner Gantt parado mais adiante. Eu diria que ele estava à minha espera.

35.
Surrar ou não surrar? Eis a questão

Eles suspenderam o Tanner Gantt por apenas dois dias por ter me jogado na lata de lixo. Eu o teria suspendido por uma semana inteira. Caminhei na sua direção, me perguntando o que ele teria feito naqueles dois dias em casa. Ficou vendo tevê? Jogou videogame? Pensou bastante no que faria comigo para se vingar? Foi se sentar no balanço do parque?

Algumas crianças pararam para assistir enquanto ele se aproximava de mim. Acho que ele queria mostrar a todos que não tinha medo. Tomara que não me pedisse para me transformar em um morcego.

— Oh, não! — Ele tremia as mãos, fingindo estar com medo. — É o Terrível Tom! Estou apavorado!

Eu não disse nada. Apenas fiquei lá, olhando para ele.

— Qual é o problema, aberração? — o Tanner rosnou e me empurrou contra os armários.

Algumas das crianças ao nosso redor disseram "Uuuuuuh", como as crianças costumam fazer. Dava para saber que elas estavam esperando por uma grande luta.

— Morda-o, Tom!

— Chupe o sangue dele!

— Agarre-o!

— Devore o miserável!

— Transforme-se em um morcego!

— Cara, ele NÃO PODE se transformar em um morcego!

Por um segundo, o Tanner Gantt pareceu preocupado, como se eu pudesse mesmo fazer alguma daquelas coisas com ele.

E se eu o mordesse? Ele se transformaria em um vambizomem? Que pesadelo seria o Tanner Gantt sendo superforte, super-rápido e saindo por aí pra morder as pessoas. Ele adoraria isso.

Foi quando soou uma voz severa que reconheci imediatamente:

— Andem! — Era a sra. Heckroth, abrindo caminho pela multidão ao nosso redor.

Ela se virou para as crianças e ordenou:

— Vão para a aula. Agora mesmo. Ou vocês todos terão detenção do almoço. — E olhou para o Tanner Gantt e para mim. — Vocês dois, fiquem aí mesmo.

Todos foram embora. Dava para ver que eles ficaram desapontados por não ter tido uma briga.

A sra. Heckroth perguntou:

— Quer ser suspenso por uma semana inteira, sr. Gantt?

— Não, sra. Heckroth — ele afirmou.

A professora se dirigiu a mim:

— Quer ser suspenso, sr. Marks?

Por que ela estava me perguntando isso? O que eu fiz? Eu estava apenas parado lá. O Tanner Gantt foi quem me chamou de aberração.

— Não, sra. Heckroth — respondi. — Mas, eu não estava...

Ela não me deixou terminar:

— Vão para a aula.

Quando o Tanner Gantt passou por mim, sussurrou:

— Chorão.

o o o

O sr. Kessler apenas acenou com a cabeça quando eu entrei. Durante a aula, a Annie meio que sorriu para mim, mas não disse nada. Uma garota chamada Maren Nesmith, sentada bem na minha frente, ficou me encarando como aquela cobra fazia na aula de ciências. A Maren era da minha antiga escola, e não gostava de mim desde que me recusei a dançar com ela no jardim de infância porque o seu vestido estava todo sujo de bolo de chocolate.

Ela ergueu a mão.

— Sr. Kessler, posso mudar de lugar?

— Por quê? — ele quis saber.

— Porque o Tom Marks está, tipo, olhando pra mim, e está, tipo, realmente me assustando.

— Eu não estava olhando pra você — retruquei. — *Você* estava olhando para mim.

— Sr. Kessler, eu acho que ele quer morder o meu pescoço e sugar meu sangue — a Maren falou.

— Que nojo! — Franzi o rosto. — Eu não quero nada disso, eca!

A Maren ficou ofendida.

— O quê?! Eu sou nojenta?! O meu pescoço é nojento?!

— Quieta, Maren — ordenou o sr. Kessler. — Tom, você vai morder o pescoço da Maren e sugar o sangue dela?

— Não! — respondi.

— Ok, Maren. Você ouviu o que o Tom disse. Fique aí.

— Com licença, sr. Kessler? — a Maren chamou de novo. — Ele pode não querer sugar o meu sangue, mas eu vi, tipo, um monte de filmes de zumbis, e zumbis simplesmente enlouquecem e, tipo, te atacam sem aviso. Posso mudar de lugar?

O sr. Kessler deixou escapar um grande suspiro.

— Tom, você vai tentar comer a Maren?

— Não! — respondi novamente.

— Ok. Estamos bem. — O sr. Kessler abriu o seu exemplar de *Caninos Brancos*. — Agora, quem pode me dizer o que acontece quando o personagem Bill sai para encontrar o cão de trenó que fugiu?

— Ele é devorado por lobos — a Maren falou. — E aposto que é isso o que Tom gostaria de fazer agora!

O sr. Kessler deixou a Maren trocar de lugar.

○ ○ ○

Na aula de ciências, eu poderia dizer que o sr. Prady estava com medo de mim. A sua voz estava um pouco mais alta do que o normal, mas ele tentou agir com coragem.

— Muito bem, sr. Marks. Agora, pessoalmente, não me importo se você é um vampiro, um lobisomem, um zumbi ou uma múmia...

Uma múmia? Por que ele pensou que eu seria uma múmia?

— Não ligo se você é um robô...

Eu não parecia nada com um robô.

— ...ou se você é um kraken...

Como ele poderia pensar que eu era um kraken? Ele ao menos sabia o que era um kraken? Krakens eram monstros marinhos gigantes.

O sr. Prady continuou falando.

— Não dou a mínima se você é o Frankenstein, o Homem Invisível, King Kong, o Predador, A Coisa, o Fantasma da Ópera, o Godzilla, Pé-Grande ou a Criatura da Lagoa Negra.

Ele estava apenas mostrando para a classe que sabia muitos nomes de monstros. Finalmente, o professor parou.

— Na minha aula você vai se comportar. E fará o seu trabalho. Sem gracinhas.

— Sim, sr. Prady.

— Muito bem. E só pra que saiba, não tenho medo de você.

Ele ficou atrás de sua mesa durante toda a aula.

o o o

Eu parecia mais um zumbi na hora do lanche. Me movia lentamente, me sentindo meio fora de mim, e tudo o que eu queria era comer. Parecia que às vezes eu me sentiria mais zumbi do que vampiro ou mais lobisomem do que zumbi, ou sei lá.

Todos mantiveram distância, exceto o Abel.

— Eu fiz macarons — disse ele, abrindo a pasta. — Esses doces o agradam?

Os macarons eram pequenos cookies brancos que tinham um gosto incrível. Eu comi cinco.

o o o

Na aula de história, a sra. Troller ficava nervosa e sorria sempre que olhava para mim. Ainda bem que ela não tentou me comparar a algum evento histórico, como

"Cinco milhões de anos atrás, no período pré-histórico, temos as primeiras evidências registradas de um lobisomem, quando um homem das cavernas chamado Urg desenhou a imagem de um meio-homem meio-lobo na parede de uma caverna".

● ● ●

Na aula de matemática, a sra. Heckroth veio até a minha mesa e me entregou uma pilha de papéis.

— Aqui está o trabalho que fizemos na aula ontem, um teste surpresa e o dever de casa que passei quando você estava ausente. Espero que tudo esteja pronto até o final da aula.

Eu esperava que ela me desse um tempo, já que eu era um vambizomem. Ela não deu.

● ● ●

Na aula de artes, o sr. Baker nos deixou desenhar o que quiséssemos. Desenhei o Muffin. O rosto não estava tão ruim, mas o seu corpo parecia uma mesa. A Capri não me disse nada durante toda a aula. Pelo menos ela não estava olhando para as minhas orelhas, e não acho que vai continuar me chamando de Elfinho. O Juan Villalobos fez o desenho de um lobo, com uma capa, comendo um menino que gritava: "Não me coma, Tom!" O sr. Baker o levou embora e o mandou para o escritório do diretor. Tenho que admitir, era um desenho muito bom.

• • •

    Eu não queria sentar no refeitório e ter todo o mundo olhando pra mim enquanto almoçava. Então, resolvi comer sozinho em um dos banheiros. O Zeke me disse que viu uma criança fazer isso no YouTube uma vez. Entrei na última cabine, fechei a porta e tranquei. Eu não recomendaria almoçar em um banheiro. Você está comendo em um lugar onde costuma fazer outra coisa. É desconfortável, deprimente e nojento.

    Quase tinha acabado o meu almoço quando ouvi alguns caras entrarem.

— Cara, você acredita nisso?

— É muito bizarro!

— Como é que alguém pode ser tão burro a ponto de ser mordido por três coisas em um dia?!

— *Você* é tão burro assim, cara!

Alguns deles riram. Reconheci algumas das vozes, mas não todas.

— Eu não deixaria um lobo me morder. — Era o Jason Gruber.

— Ah, claro... Você lutaria contra um lobo?

— Não, mas eu teria fugido.

— Cara, você não pode correr mais rápido que um lobo!

— Sim, mas eu posso correr mais rápido que um zumbi!

— Onde ele vai conseguir sangue?

— Dá pra comprar por aí.

— Onde? No mercadinho? "Me dá uma raspadinha de sangue, por favor!"

Eles riram de novo.

— Cara, se eu fosse ele, iria morar na floresta ou algo assim.

— É uma droga que ele não consiga se transformar em um morcego e voar.

— Sento ao lado dele na aula de canto. Espero que não me morda.

— A Maren Nesmith disse que ele queria mordê-la.

— Eu gostaria de morder a Maren Nesmith!

Eles tornaram a rir.

— Sério, vou manter uma estaca de madeira no meu armário.

— Vou levar alho para a escola.

— Eu quero vê-lo se transformar em um lobo.

A porta do banheiro se abriu e eu ouvi outra pessoa entrar.

— Ei, Abel, belo terno!

— Você divide o seu armário com o Marks, não é?

— Tinha que ser os dois mais estranhos dividindo um armário.

— Cara, sério, qual é a desses ternos? — disse um moleque cuja voz não reconheci.

— Ele é uma aberração. Usa terno todos os dias. Desde a terceira série.

— Por que você usa terno para vir pra escola, esquisitão?

O Abel pigarreou e explicou:

— Pelo mesmo motivo, suponho, que vocês, cavalheiros, preferem se enfeitar com jeans, camisetas com um logotipo, imagem ou algum item da cultura pop, e o que parece ser exatamente o mesmo estilo de tênis de corrida. Vocês gostam da aparência.

Todos riram dele.

— Por que você fala assim, Abel?

— Sim, sério, o que há de errado com você?

— Senhores, a hora do almoço está quase acabando — o Abel falou. — Tenho certeza de que nenhum de nós deseja ser detido por chegar atrasado ao sexto período. Sugiro que vocês me deixem concluir o meu negócio aqui, e eu irei embora.

— É mesmo? — falou o garoto que parecia mais velho. — E se não terminamos com você ainda?

Espiei pela fresta da porta da cabine. Eles estavam circulando em torno do Abel. O que iriam fazer com ele? Alguns deles eram bem grandes. Devo correr e procurar um professor? Devo gritar? E então me lembrei de algo.

Eu era um vambizomem.

Destranquei a porta da cabine, abri e saí.

36.
Outro plano

Todos se espantaram ao me ver.
— Uau!
— É ele!
— O... o que você está fazendo aqui?
Primeiro, eu apenas os encarei. Então, me virei para o cara maior e falei:
— A próxima pessoa que disser algo para o Abel sobre a maneira como ele fala, ou o que ele veste, ou fizer qualquer coisa com ele... terá a garganta arrancada por mim. — E sorri, mostrando as presas.

Todos correram para fora do banheiro, praticamente batendo uns nos outros ao passar pela porta.

O maior dos caras gritou por cima do ombro:

— Vamos contar ao diretor, Marks! Eles vão suspender você!

O Abel se virou para mim e sorriu.

— Obrigado, sr. Marks.

Dei de ombros.

— Ser um vambizomem tem que ser bom para alguma coisa.

— Tenho certeza de que descobrirá que tem muitos usos positivos. Pergunta: Você realmente rasgaria a garganta de alguém?

— Não. Isso parece nojento. Você acha que eles vão contar a alguém que eu disse isso?

O Abel coçou o queixo.

— Não acredito nisso. Se o fizessem, eles poderiam ter problemas também. No entanto, não há lógica para gentinha como eles.

O Abel falava estranho, mas não era hora de tocar no assunto.

— Só para você saber, sr. Marks, eu poderia ter cuidado de mim mesmo — ele afirmou.

O quê? Ele estava de brincadeira? Havia cinco caras. Dois deles eram enormes.

Ele tornou a sorrir.

— Eu tenho certa habilidade nas artes marciais. Sou faixa preta em caratê.

Dei risada. Não pude evitar. O Abel Sherrill parecia a última pessoa no mundo que sabia lutar caratê, quanto mais conseguir uma faixa preta.

— Vejo que você tem dúvidas, sr. Marks. Perfeitamente compreensível. Permita-me demonstrar.

Ele largou a pasta, tomou uma posição, deu um pulo no ar, girou e desferiu um chute veloz que fez uma lata de lixo atravessar a sala, produzindo um amassado nela. O Abel caiu de pé como um gato. Então, ajeitou o paletó, endireitou a gravata, pegou a pasta e me olhou, sorridente.

o o o

Ao sair do banheiro, fiz uma anotação mental de nunca irritar o Abel.

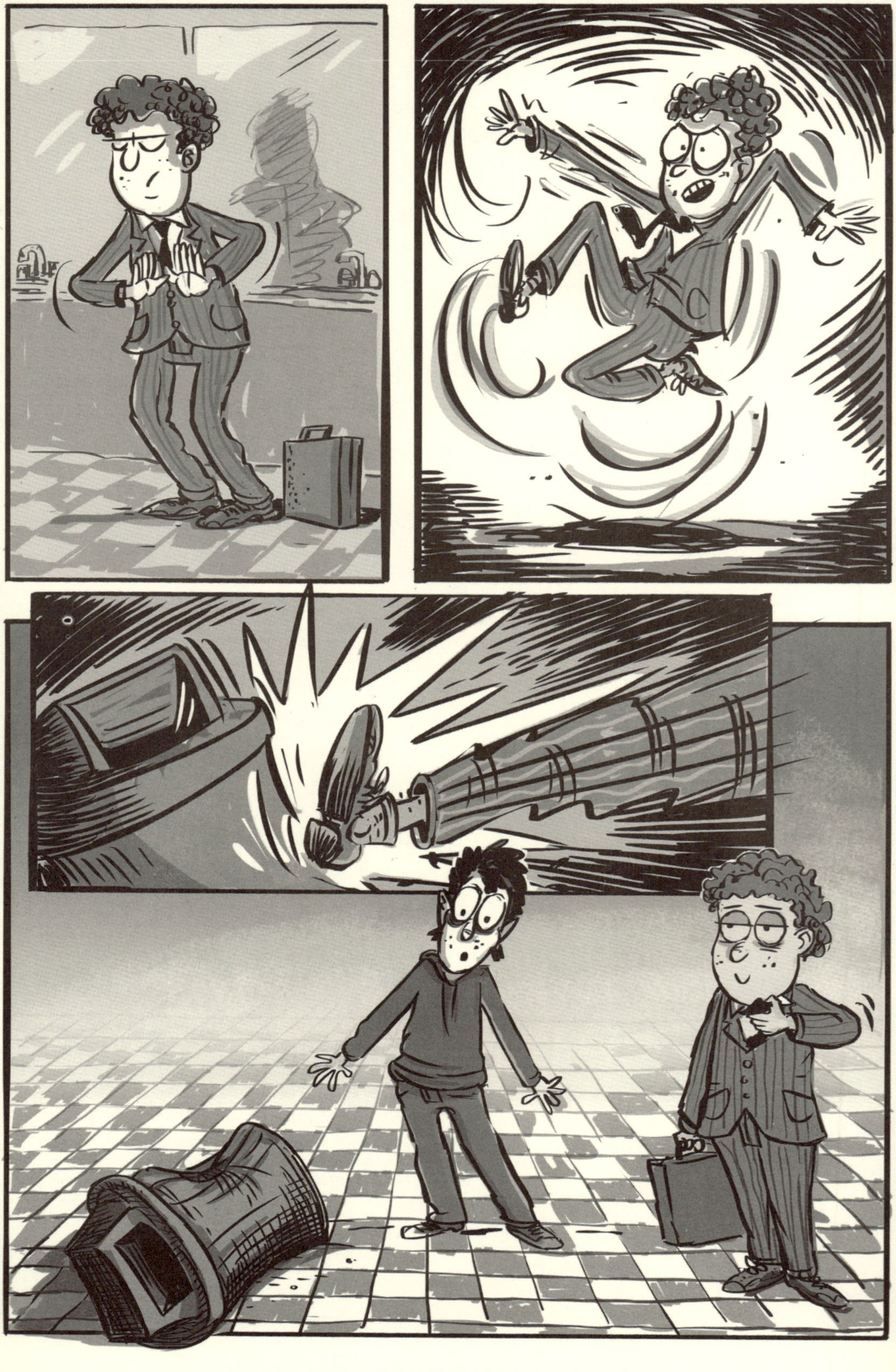

Eu ainda estava preocupado com aqueles caras me dedurando. Eles poderiam mentir e inventar uma história maluca. Eu seria suspenso? Seria expulso? Eu tinha prometido ao diretor que me comportaria.

Talvez ter revelado a todos que eu era um vambizomem tivesse sido um grande erro. Eu deveria ter mantido isso em segredo? Os meus professores tinham medo de mim, ou sentiam pena, ou fingiam ser superlegais. Todas as crianças me olhavam de um jeito estranho, e sussurravam que eu iria comê-las.

Decidi que não queria mais ir para a escola.

Eu tinha um novo plano: o *Plano de Fugir e Viver em Algum Outro Lugar*.

o o o

Pensei em morar nas colinas atrás da nossa casa. Tínhamos uma barraca, sacos de dormir e alguns equipamentos de acampamento que o meu pai tinha pegado emprestado da vó e esqueceu de devolver.

Mas eu não gosto de acampar.

A minha família experimentou uma vez e foi divertido por cerca de uma hora. Aí, os insetos começaram a nos picar, ficou muito frio e o meu pai não conseguiu fazer o fogo; então, não pudemos cozinhar cachorros-quentes ou assar marshmallows, e tivemos que nos virar com cereais no jantar, sem leite, porque a mamãe não lembrou de levar. Se não bastasse, choveu, a barraca molhou e desabou em cima da gente. O meu pai disse muitos palavrões e a minha mãe gritou com ele pelos palavrões, e acabamos dormindo no nosso carro. O meu pai roncou a noite toda.

De manhã, a Emma disse:

— Vou processar vocês por tratamento cruel e incomum de crianças.

Essa foi a última vez que a minha família foi acampar.

o o o

Foi quando me lembrei de que havia uma cabana velha e vazia na floresta, perto da casa da vó. Nós havíamos subido lá uma vez. Estava suja, mas eu poderia limpar. E tinha uma lareira. Era perto de um riacho, então eu poderia pegar água. Eu poderia viver lá.

Decidi que deixaria uma carta, dizendo aos meus pais que eu estava indo embora. A Emma iria adorar a notícia. Na certa, daria uma festa.

Comecei a caminhar em direção ao portão do estacionamento da escola, de onde poderia sair escondido, pensando no que escreveria na carta.

Queridos mãe e pai:

Decidi ir morar na floresta sozinho. Eu irei visitá-los no meu aniversário, no Natal, no Dia das Mães e no Dia dos Pais.

Sentirei saudade. Digam à Emma que não vou sentir saudade dela.

— Ei, Tom!

Eu me virei e lá estava a Annie. Não tínhamos dito nada um ao outro o dia todo.

— Ei — respondi.

— Não te vi na hora do almoço.

— Sim. Eu tinha que fazer uma coisa.

— Ah...

Eu estava a apenas uns dois metros do portão do estacionamento.

— Aonde você vai? — ela quis saber.

— Eu... eu estava indo para o meu armário.

— O seu armário não fica pra lá? — A Annie apontou atrás dela, na direção em que o meu armário realmente estava.

— Ah, sim... Eu esqueci.

Ficamos calados por um tempo. Parados ali.
Finalmente, ela disse:

— Lamento que você tenha sido mordido por todas aquelas coisas.

— Pois é... Eu também.

Eu queria me despedir dela, mas não gostaria que ninguém soubesse aonde eu estava indo.

E se a gente não se visse nunca mais? Eu iria morar em uma cabana suja e fria na floresta. E tomar banho em um rio gelado. Teria que usar folhas como papel higiênico. E comer pássaros, coelhos e esquilos. O *Plano Fugir para Longe e Viver em uma Cabana na Floresta* não parecia mais tão bom.

— Posso te perguntar uma coisa, Tom?

Eu sabia que ela iria perguntar sobre morcegos, sangue ou comer pessoas.

Suspirei e respondi:

— Claro.

— Você quer participar de uma banda que estou criando?

37.
As oito palavras que ninguém quer ouvir

A Annie Barstow me queria na sua banda.
— Sim. Claro — respondi, tentando soar descolado, mas eu sabia que ela sabia que eu estava animado.
— Gosto da sua voz — a Annie falou.
— Obrigado. Também gosto da sua.
— Obrigada.
— Você é uma boa cantora.
— Obrigada. Você também é um bom cantor.
— Obrigado.

Parecíamos tão idiotas quanto a Emma e o Garoto Cenoura.

— Só não uive mais. — Ela sorriu.

— Prometo que não uivarei.

Antes, eu teria avaliado este dia com um 3, mas agora era um 9.

— Legal, Tom. Vou contar para todos os outros. Espera aí.

Como assim *todos os outros*? Havia outros integrantes na banda? Por algum motivo, pensei que seria uma banda de duas pessoas. Só eu e a Annie.

— Quem mais está na banda?

— Bem, até agora, somos eu, a Capri... Sabe quem é, né? Ela disse que vocês dois estão na mesma classe de artes. A Capri toca piano.

A Capri está na banda? Por que a Capri tem que estar na banda? Eu não queria a Capri na banda.

— Legal — acabei dizendo.

A Annie continuou:

— O Quente Cachorro na bateria... Quero dizer, o Landon.

Landon! Certo. Esse era o nome verdadeiro do Quente Cachorro. Mas eu também não o queria na banda.

— E o Abel Sherrill.

Aquilo não era uma banda, era uma orquestra.

— O Abel Sherrill, Annie? Sério?

— Sim. Eu não fazia ideia de que ele era um guitarrista tão incrível.

O Abel era um guitarrista incrível além de ser faixa-preta de caratê?! E ele pode fazer comidas incríveis? Do que mais aquele garoto era capaz? Mergulhar em alto-mar? Pilotar um helicóptero? Construir um foguete? Ler mentes?

A Annie prosseguiu:

— E o Zeke disse que seria o nosso assistente. Você sabe, aquele que carrega o equipamento, nos ajuda a configurar as coisas, mantém longe todos os fãs...

Ela riu. Também dei risada. Fazia tempo que eu não ria.

— É melhor irmos pra aula. Tchau, Tom.

— Até mais.

Fiquei olhando a Annie se afastar. Eu começava a me acostumar com o seu cabelo curto.

o o o

Estava me trocando para a educação física quando o treinador Tinoco entrou e disse as oito palavras que ninguém quer ouvir no ensino médio:

— Você precisa ir até a sala do diretor.

38.

Tolerância zero

Diante de mim, sentado à sua mesa, estava o diretor Gonzales muito sério
— Tom, você ameaçou arrancar a garganta de alguém?
Eu pensei por um segundo e então disse:
— Não, senhor.
— O Jason Gruber disse que sim.
— Bem, para ser completamente preciso, eu não disse "arrancar", e sim "rasgar".
O diretor Gonzales cruzou os braços.
— E por que você disse isso?

— O Jason e alguns outros caras estavam incomodando alguém.

— Quem?

— O Abel Sherrill.

— Ele é seu amigo?

— Não. Apenas dividimos um armário.

— O que o Jason e os outros meninos fizeram com o Abel? Eles o acertaram?

— Não.

— Ameaçaram fazer algo físico com ele?

— Não.

— Você ameaçou fazer algo com os outros meninos. — O diretor Gonzales se inclinou para a frente. — Não podemos permitir que faça isso, Tom.

— Eu não ia fazer nada, na verdade. Só queria...

Ele ergueu a mão.

— Temos uma política de tolerância zero contra bullying aqui. Terei que te suspender.

Os meus pais iam me matar.

— Por quanto tempo, diretor?

— O resto de hoje e sexta-feira. Veja, eu entendo que esta não foi uma semana fácil pra você. Sei como se sente.

Como ele poderia saber? Ele tinha sido mordido por um vampiro, um lobisomem e um zumbi, para *no dia seguinte* ter que começar o ensino médio? Eu queria muito dizer isso, mas não disse.

O diretor Gonzales pôs a mão direita em cima da esquerda.

— Mas você pode voltar na segunda-feira e começar do zero.

— E quanto ao Jason Gruber e os outros meninos? O senhor vai suspendê-los também?

Ele não disse nada de imediato. Então, olhou pela janela.

— As ações deles não justificam a suspensão, de acordo com as diretrizes da nossa escola.

A vida não é justa.

A mamãe veio me buscar. Ela parecia séria quando entrou no escritório. O diretor Gonzales contou o ocorrido e ela apenas ouviu. Depois, fui ao meu armário para pegar os meus livros, para que pudesse fazer a minha lição de casa durante a suspensão. Pelo menos eu finalmente me lembrei da combinação do meu armário.

Eu e a mamãe caminhamos em direção ao estacionamento. Ao passarmos pelo campo da educação física, vi o Tanner Gantt nos observando. Dois dias atrás, eu vira a mãe dele levá-lo para casa quando foi suspenso, e agora ele via a minha mãe fazer a mesma coisa.

A vida é tão estranha às vezes...

— Tonzão! — O Zeke correu até a cerca. — Ouvi dizer que você bateu em vinte caras no banheiro! E jogou o Jason

Gruber pela janela! E enfiou uma criança na privada! E foi expulso! E pode ir para a cadeia!

— Não, Zeke. — Suspirei. — Nada disso aconteceu.

— Não? — Ele ficou desapontado. — Ah, poxa...

A minha mãe disse oi pro Zeke e foi em frente, em direção ao carro.

— Eu fui suspenso — contei.

O Zeke se animou de novo.

— Incrível! Eu também serei suspenso; assim poderemos trabalhar para que você se transforme em um morcego e voe! O que fazer para ser suspenso? Já sei! Posso trapacear em um teste! Vou pedir ao treinador Tinoco para me aplicar um teste agora pra que possa trapacear. Como se trapaceia em educação física? Ou eu poderia destruir uma propriedade da escola! Você acha que eu poderia quebrar esta cerca? E se...

— Pare, Zeke! Nada de suspensão pra você. Eu te ligo mais tarde.

— Zimmerman! — gritou o treinador Tinoco do outro lado do campo. — Afaste-se dessa cerca. Venha aqui e faça cinquenta polichinelos! Agora!

— Incrível! — O Zeke saiu correndo, todo alegre, e começou a fazer polichinelos.

o o o

Quando entramos no carro, a mamãe se virou para mim e disse:

— Estou muito orgulhosa de você por ter saído em defesa do Abel, Tom.

Ufa! Achei que ela ia ficar muito brava.

— Mas não vamos ameaçar rasgar a garganta de ninguém de novo, está bem?

— Claro! Não vou, mãe.

— Está com fome?

— Eu estou sempre com fome. Sou um zumbi!

— E que tal um hambúrguer malpassado?

— Delícia! — respondi. — Mas acho melhor se forem três.

39.

Um visitante

Os Piores Primeiros Quatro Dias da História de um Garoto no Ensino Médio tinham passado.

A mamãe e o papai decidiram que deveríamos viajar até a casa da vó no final de semana, para darmos uma escapada e relaxar.

— Sem chance de eu ir pra lá — a Emma resmungou.
— Serei mordida por um vampiro, um lobisomem, um zumbi ou por TODOS eles juntos!

— Você vai, sim — mamãe respondeu.

— Você não pode me obrigar! — a Emma protestou.

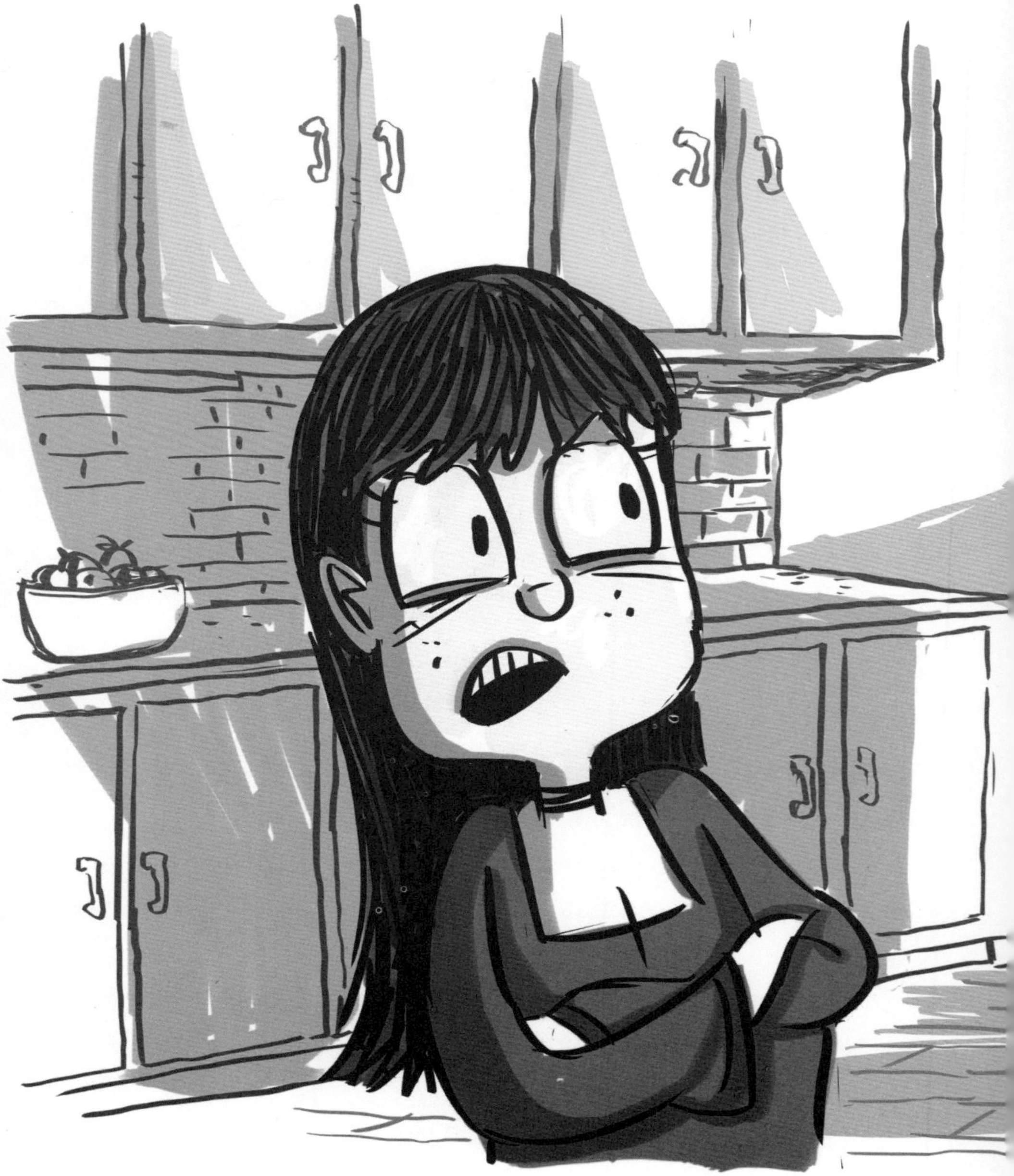

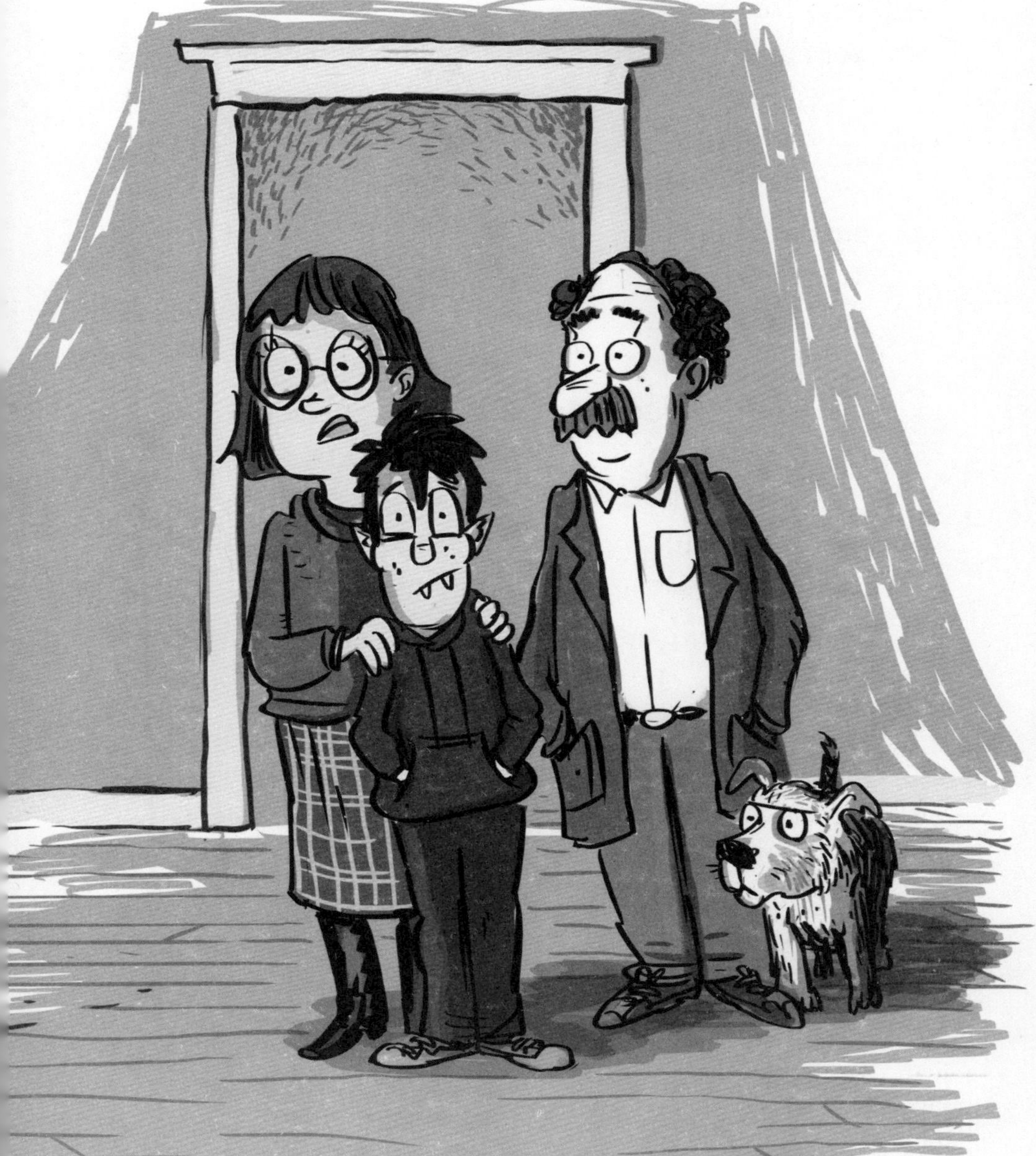

— É verdade, não podemos. — Então, o papai sorriu. — Mas o Tom pode.

A Emma pirou, apavorada e confusa ao mesmo tempo.

— O quê?!

— Estou brincando! — O papai soltou uma gargalhada.

— Isso NÃO é engraçado! — A Emma cruzou os braços, bufando.

E foi para a vovó.

o o o

Quando chegamos lá, a Emma agarrou o Muffin e saiu correndo do carro antes que o papai estacionasse, beijou a vó na bochecha enquanto passava por ela na porta, entrou e anunciou:

— Eu não vou sair desta casa o fim de semana inteiro!

A vó me abraçou ainda mais forte do que a mamãe.

— Vou fazer churrasco de costelinha para o jantar — ela anunciou. — Deliciosas e malpassadas pra você.

Olhei para o quintal do vizinho. O Stuart voltara do veterinário e tinha um tapa-olho no olho esquerdo. Ele trotou até a cerca e olhou para mim. Mas não latiu. Baixou a cabeça e se deitou. Eu fui até lá e o acariciei pela primeira vez. Ele tinha pelo macio também.

A vó me abraçou cerca de um milhão de vezes mais e fez uma tonelada de perguntas, incluindo se eu poderia me transformar em um morcego e voar.

— Não. Desculpe. Eu tentei.

Ela parecia um pouco desapontada, mas então falou:

— Bem, pode ser uma habilidade adquirida. Ou talvez você precise de alguém para ensiná-lo.

Após o jantar, durante o qual eu comi doze costelinhas, o papai fez um fogo na lareira. Aí, todos nós nos sentamos na sala de estar, bebemos chocolate quente com muito chantili e comemos marshmallows.

— Querem ver um filme de terror? — a vó perguntou.

— Não! — a Emma respondeu, me olhando feio. — Estou *vivendo* em um filme de terror, não quero assistir a outro!

A Emma escolheu o filme. Era um romance estúpido e romântico que ela vê uma vez por semana. Passados uns cinco minutos, a mamãe olhou pela janela e pulou do sofá.

— Esperem! A lua está saindo! Emma, pause o filme para que a vovó possa ver o Tom se transformar em um lobisomem.

— Não! Essa é a melhor parte! — a Emma reclamou. — A vovó pode ver isso amanhã à noite.

— Na verdade, não — o papai explicou. — A última lua cheia do mês é esta noite.

— Ah, meu Deus! — a Emma exclamou. — As nossas vidas inteiras vão girar em torno do Tom agora, né?

A vó piscou para mim.

— Emma, se você tivesse sido mordida, eu gostaria de vê-la se transformando em um lobisomem.

Eu também. Mas talvez não. A Emma seria a pior vambizomem de todos os tempos, reclamando 24 horas por dia. Só o fato de não poder se ver no espelho a deixaria louca. Ou pelo menos mais louca do que ela já era. Nem quero pensar nisso.

— Vovó, você não vai querer ver o Tom se transformar em lobisomem, acredite. Ele fica todo peludo, o nariz se transforma em focinho, as mãos viram patas com garras, e as presas...

A vó ergueu a mão pra fazer a Emma se calar, o que não é tarefa fácil.

— Eu vi muitos filmes de lobisomem. Tenho uma boa ideia do que acontece.

— Mas eram filmes, vó! Isso é real!

Eu odiava admitir, mas a Emma estava certa pela primeira vez. Será que a vó iria pirar?

A Emma fez a sua cara falsa séria.

— Vovó, é tão nojento e estranho e, sabe, na sua idade, você pode não ser capaz de lidar com isso.

A vó sorriu.

— Eu vivi os anos 60, querida. Garanto que posso lidar com isso.

Então, pausamos o filme. Os pelos começaram a crescer no meu corpo todo, e senti os braços ficando maiores. A vó, que observava a minha transformação, dizia, baixinho:

— Uau... Uau... Uau...

285

A Emma não parava de mandar mensagens de texto para o Garoto Cenoura, mas erguia os olhos de vez em quando para dizer "Eca!", "Que nojo"! e "Por que isso está acontecendo comigo?".

Por alguma razão que ignoro, a mamãe e o papai ficaram de mãos dadas, me olhando.

— Tom, você pode acelerar isso? — a Emma pediu. — Eu quero assistir ao meu filme!

— Fica quieta, Emma! — a vó mandou. Ela é a única pessoa que pode fazer a Emma calar a boca.

Finalmente, a minha transformação se concluiu. A vó se inclinou para trás e balançou a cabeça lentamente.

— Bem, eu já vi muitas coisas alucinantes na vida, mas isso supera todas elas. Jamais imaginei que veria o meu neto se transformar em um lobisomem, mas acho que a vida é cheia de surpresas. Você é um ótimo lobisomem, Tommy. Gostaria que o seu avô tivesse visto isso. Ele amava lobisomens. Eu, no entanto, meio que prefiro zumbis.

Acho que a vó é a única pessoa no mundo, além dos próprios zumbis, que gosta de zumbis.

Olhei para a lua pela janela e uivei, porque a gente meio que tem que fazer isso quando é um lobisomem.

— Esse é um belo uivo — a vó elogiou.

O Stuart, o cachorro da casa ao lado, uivou de volta. Foi estranho, quase parecia que ele estava dizendo "Olá".

A vó estendeu a mão e tocou o meu rosto.

— Você se parece um pouco com o meu tio-avô Archie. Ele tinha uma barba espessa e muito pelo nos braços. Era um cara peludo.

A Emma arregalou os olhos num grau absurdo.

— Espera aí... ele pode ter sido um lobisomem também? Os lobisomens estão na nossa família? Existe algum segredo de família profundo e sombrio que ninguém me contou? Por que estou nesta família?!

— Acalme-se, Em. — A vó deu de ombros. — Dói quando você se transforma, Tommy?

— Não, na verdade não. Os pelos fazem um pouco de cócegas.

— Certo — a Emma interveio —, o show do menino-lobo acabou. Podemos voltar ao filme?

Tive uma vontade estranha de pular pela janela e correr pela floresta, mas não o fiz. Assistimos ao resto do filme. A Emma chorou no final, como sempre, e então eu fui para a cama.

• • •

Eu havia apagado a luz do meu quarto e estava fechando a janela quando ouvi um barulho lá fora. Inclinei a cabeça em direção ao som, para que pudesse ouvir melhor. Ele vinha da floresta.

Olhei para fora e notei algo voando acima das árvores, ao longe. Era minúsculo, de cor escura, e vinha em direção à casa da vó.

Quando se aproximou, pude ver do que se tratava: um morceguinho marrom, com asas pretas, voava direto pra mim. Ele parou de bater as asas e pousou na janela. O morcego tinha cerca de dez centímetros de altura, orelhas grandes e minúsculos olhos negros.

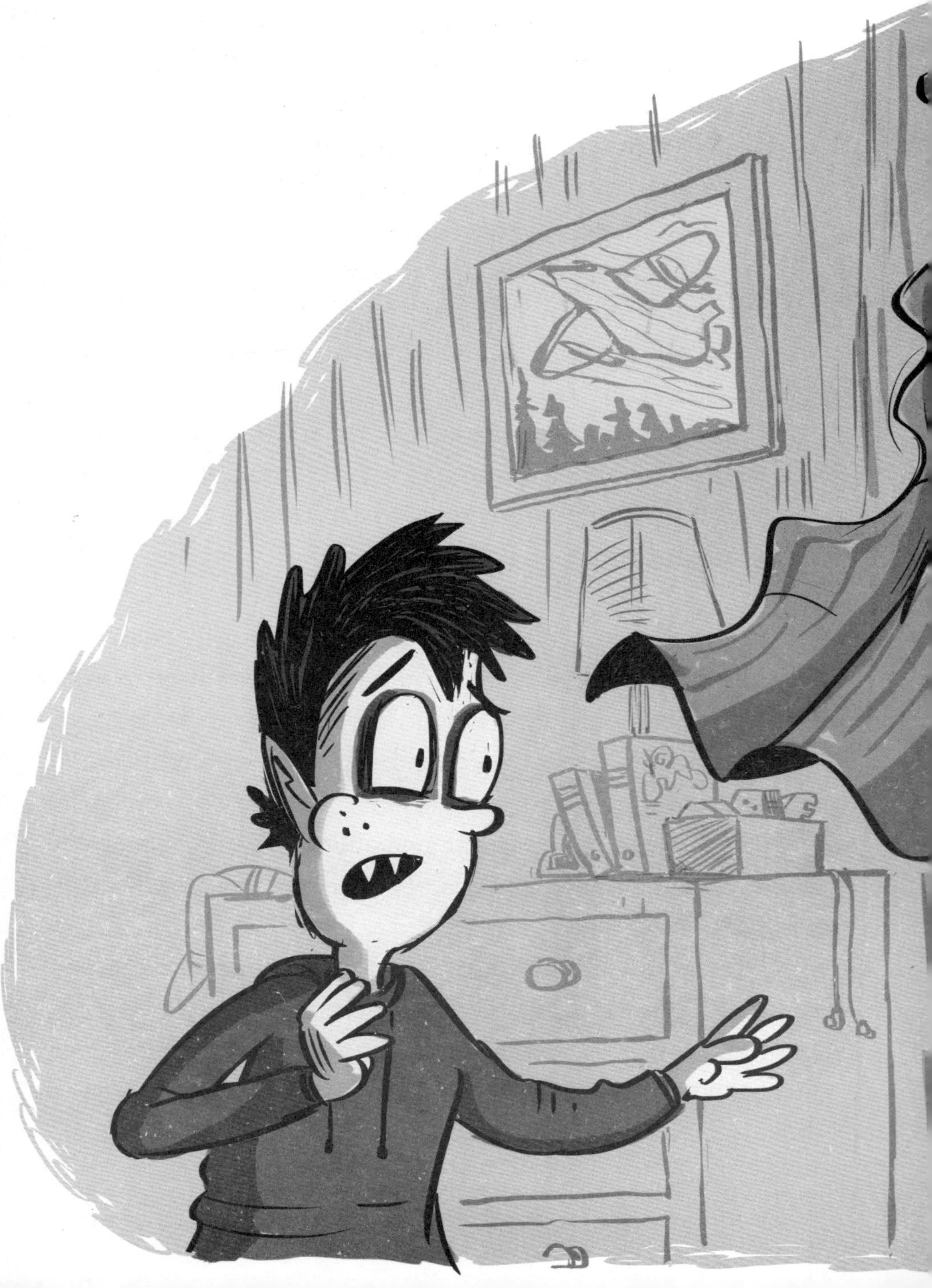

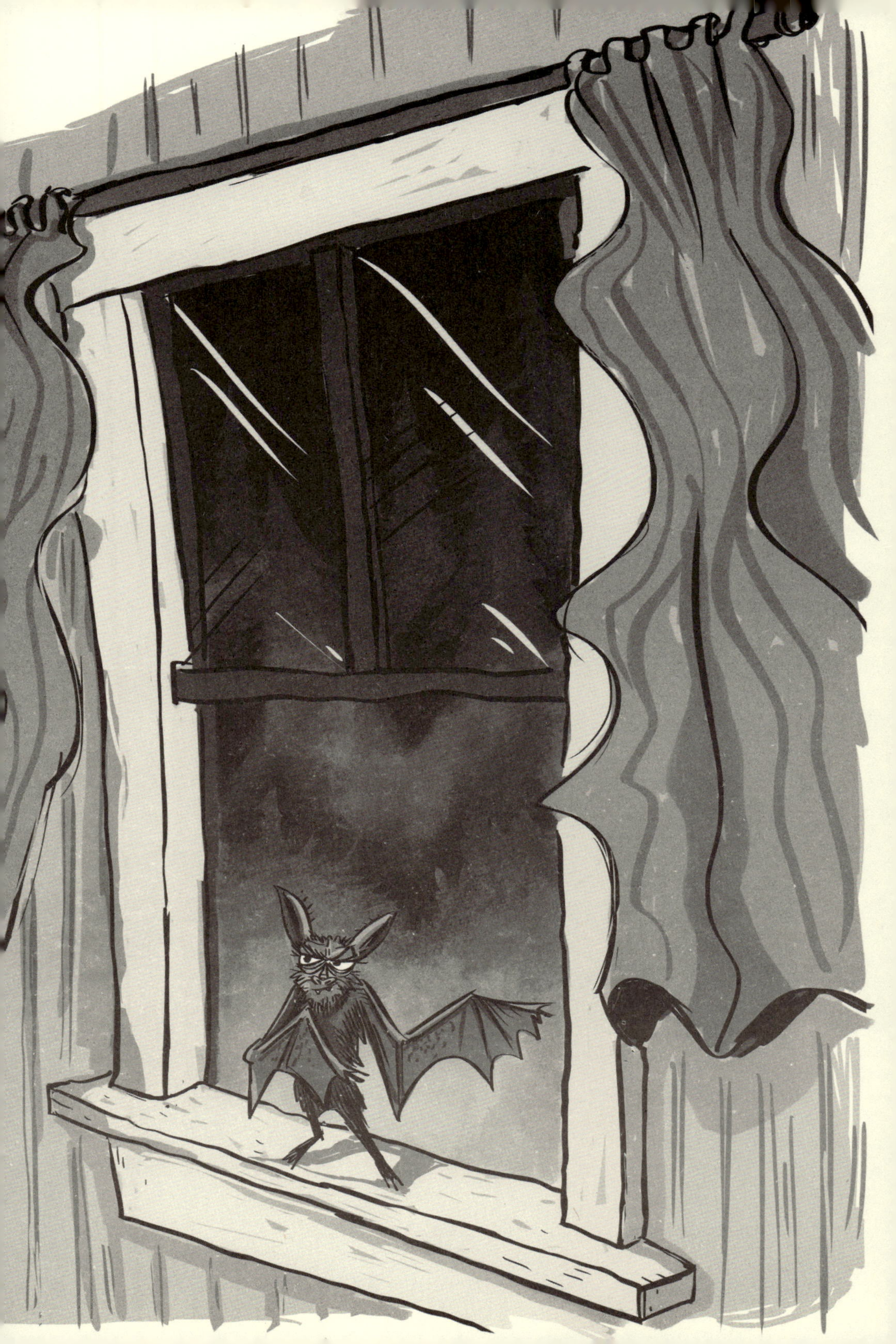

Ele olhou pra mim.

E sorriu.

Eu juro.

Ele *realmente, honestamente* e *verdadeiramente* sorriu.

Então, abriu a boca e perguntou:

— Posso entrar?

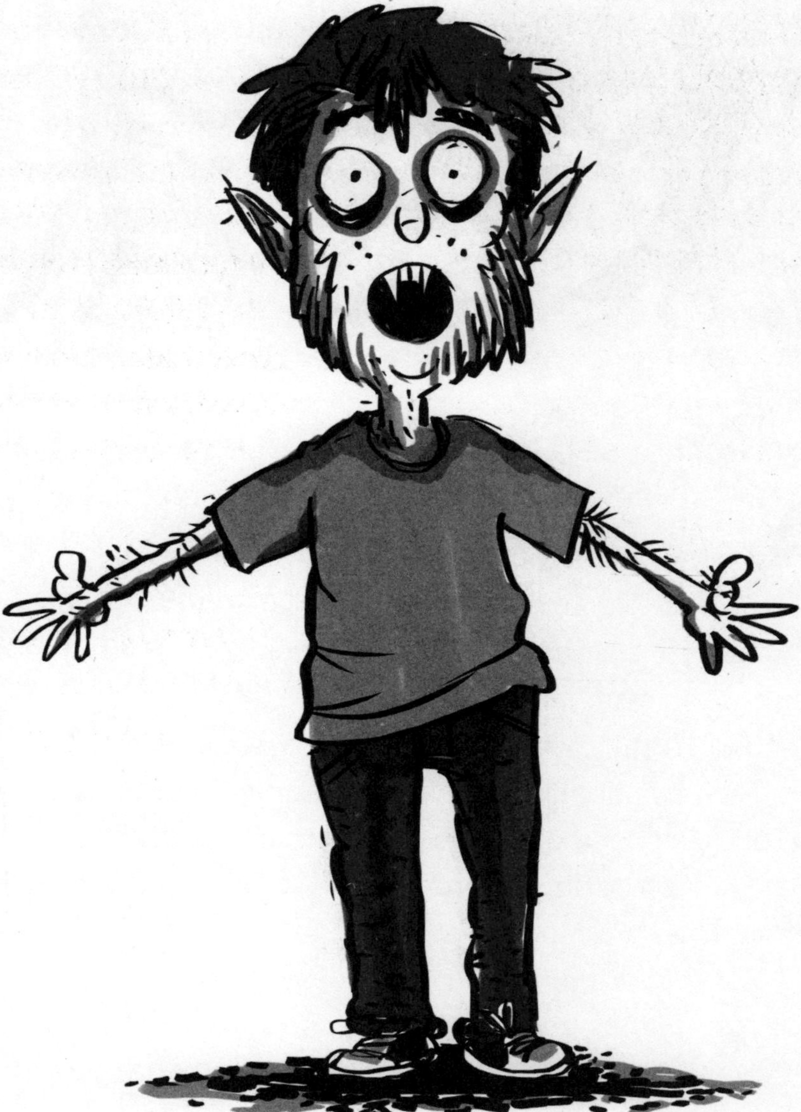

Agradecimentos

Aqueles a que me refiro aqui merecem um agradecimento especial.

Kiev Richman, que teve uma reação tão entusiástica após ouvir uma das primeiras versões deste livro que me inspirou a continuar escrevendo!

Jud Laghi, meu agente, que não desistiu.

Richard Abate, que ouviu a minha ideia para o livro, deu ótimas sugestões e me apresentou a Jud Laghi.

Sally Morgridge, uma editora sábia e paciente, que tornou este livro muito melhor.

Mark Fearing, pelas ilustrações legais.

John Simko, revisor, pelo seu trabalho meticuloso.

Doug McGrath, meu conselheiro, *concierge*, terapeuta não remunerado e amigo.

Annette Banks, professora, por ler, reler e reler numerosos rascunhos deste livro e fazer notas honestas, inteligentes e úteis (e por se casar comigo).

Meus pais, que me levaram à biblioteca e me deixaram comprar livros nas vendas da escola.

Você, a pessoa que está lendo isto agora. Continue lendo.

CONFIRA A CONTINUAÇÃO DAS AVENTURAS

DE TOM NO PRÓXIMO VOLUME DA SÉRIE!

ASSINE NOSSA NEWSLETTER E RECEBA INFORMAÇÕES DE TODOS OS LANÇAMENTOS

WWW.FAROEDITORIAL.COM.BR

ESTA OBRA FOI IMPRESSA EM JANEIRO DE 2021